有爱的青春陪伴者

甜甜的喜欢，安排

ZHI CHU
稚初 / 著

河北出版传媒集团
花山文艺出版社
河北 · 石家庄

图书在版编目（CIP）数据

甜甜的喜欢，安排 / 稚初著. -- 石家庄 : 花山文艺出版社，2020.9
ISBN 978-7-5511-2566-6

Ⅰ. ①甜… Ⅱ. ①稚… Ⅲ. ①长篇小说－中国－当代
Ⅳ. ①I247.5

中国版本图书馆CIP数据核字(2020)第121894号

书　　名：甜甜的喜欢，安排
TIANTIANDEXIHUAN,ANPAI
著　　者：稚　初

统筹策划：张采鑫
特约编辑：廖晓霞
责任编辑：于怀新　张凤奇
美术编辑：胡彤亮
责任校对：郝卫国
装帧设计：阿　和　cain酱
封面绘制：tendy
出版发行：花山文艺出版社（邮政编码：050061）
（河北省石家庄市友谊北大街330号）
销售热线：0311-88643221/29/35/26
传　　真：0311-88643225
印　　刷：湖南达美程智能科技股份有限公司
经　　销：新华书店
开　　本：880×1230　1/32
印　　张：8.5
字　　数：216千字
版　　次：2020年9月第1版
2020年9月第1次印刷
书　　号：ISBN 978-7-5511-2566-6
定　　价：36.80元

目录

Sweet Love

contents

目 录

Sweet Love

contents

第一章

应是醉了，醒着的时候见不到你

[01]

乔一柠今年二十七岁，有一个在一起七年的男朋友叫贺徊。

然而，贺徊下星期结婚的消息，她是最后一个知道的人。将这件事告诉她的人正是她的母亲，吴芝繁女士。

乔家客厅的落地窗窗帘，昨天被吴芝繁送到清洗店清洗了。在这正午十分时刻，日光猛烈又毫无保留地倾洒到她脸上，让乔一柠有一种自己正在审讯室受审的错觉——或许也不是错觉，她确实在受审。

见乔一柠一脸无辜的样子，吴芝繁气得捂着脑门一个劲地“哎哟”：“我不行了，我脑袋疼。”

乔一柠伸出试探的步伐：“要不，我扶你回房休息？”

吴芝繁看也不看：“给我站回去！”

乔一柠立马退回到原位置，她现在站的位置属于客厅的正北方向，靠近厨房，头顶有一盏小筒灯，光落下来，在她身上形成一个透明的小牢笼。她恨不得立马跪下喊“冤枉”，但这事她确实不冤枉，她理亏，估计撒娇也没用。

乔一柠脚趾蜷缩着蹭了蹭，动作小心地将穿到一半的拖鞋穿好。

万一事态严重不可控，她就三十六计走为上计，她家的扫帚柄可是不锈钢的，那一棍子下去她还怎么活。

“你知道，刚才在街上看见贺徊在婚纱店的时候，我有多开心吗？我想着你终于要嫁为人妻，幸福美满了，你背着我跟贺徊去试婚纱肯定是想给我个惊喜。”吴芝繁深深吸了一口气，偏头看着乔一柠，“那可真的是惊喜，新娘都不是你！对面还站着人家的父母，喜气洋洋地商讨着下个星期的婚礼！你自己说，你跟贺徊是怎么回事？”

乔一柠握在手中的手机随即一响，来电显示，贺徊。

这人属声控召唤啊？

乔一柠想也没想就按掉了，但贺徊百折不挠，被乔一柠挂了几次电话后，另辟蹊径给她发了短信。

甜甜的喜欢，
安排

“一柠，对不起！要杀要剐，等我结婚之后随你处置！”

“下星期五，啼思安酒店，我结婚你一定要来啊！”

乔一柠在心里咬牙切齿地暗骂，贺徊你个浑蛋，瞒天过海的功力真是炉火纯青！她竟一点苗头都没发现。

行，你不仁，我不义。

乔一柠深吸了一口气，左手狠狠掐了一把大腿，戏就来了。她向来怕疼，这一下她眼睛瞬间酸胀，眼泪在眼眶里打转，她堆起哀痛神色，未语嘴唇先抖了抖。

“妈，事到如今我也不想骗你了。”乔一柠的语调，可怜中透着难过，难过中带着悲愤，悲愤里又有十分委屈，“贺徊他喜新厌旧，背着我脚踏两条船，我……我也是上个月才知道的，可贺徊声泪俱下地让我成全他们，说他终于找到真心要结婚的人……”

吴芝繁气得站起身直抖：“他说什么？真心要结婚的人！那你呢，他当你是什么？”她拉住乔一柠的手臂往门口走，“你跟我去贺家一趟！我非要找他评评理！他这个……这个畜生！”

骂得好！

乔一柠背着妈妈竖拇指，表面上却继续演：“我不想去了，我现在什么都不想做了。现在过去，看他们你侬我侬、恩恩爱爱，不是自讨苦吃吗？”

吴芝繁停住脚步，边叹气边拍了拍乔一柠的肩膀：“柠柠，你别难过，他娶不到你是他的损失，我们宝贝这么好，一定会有人……”

乔一柠眼泪都不流了，立马宣布："妈，我现在已经不相信爱情了，我不想结婚！"

"不结婚怎么行。"吴芝繁刚想絮叨，抬眼就看见乔一柠红透了的眼眶，迟疑了一下，"你先回房休息，这事我们以后再说。"

乔一柠见好就收，抽抽搭搭地进房。一关上房门，她委屈巴巴的表情一收，回拨了贺徊的电话。

"一柠……"

"闭嘴！"乔一柠支着一条腿坐在藤椅上，一边拿纸巾擦泪，一边怒火朝天地冲电话低喊，"你怎么回事啊？你是不是傻！结婚你都不提前告诉我！我差点就被我妈逮住了！还有，你不是说你跟我一样是独身主义者，这辈子都不会结婚吗？你怎么突然就结婚了？"

乔一柠和贺徊是高中同学，两人关系一直很好。大二那年，双方家长开始旁敲侧击，疑似催对象。于是，他们一时兴起，决定狼狈为奸，假扮情侣，共渡"难"关。同时，又暗度陈仓，表面说出去约会，实际上对好台词，大门一出，两人就各自放飞了。

两个人相处的时间并不多，但都默契得很。谁能想到，他们都快挺过"七年之痒"了，贺徊竟然背信弃义！背后捅她一刀就算了，连通知都不通知她！这还是人吗？

"兄弟对不起啊！我也以为我不会结婚的，可是遇到她之后，我心里那头死掉的小鹿起死回生了！你说神不神奇？"

甜甜的喜欢，
安排

“神奇你个头。”乔一柠拿过一旁的水喝了一口，清了清嗓子，“算了，你能找到幸福我也替你开心，但婚礼我就不参加了，我这身份怪尴尬的。”

“不尴尬！我都跟我家人解释过了，他们本来就喜欢你，一开始知道的时候还挺失望。”

“我家里这边还没解释呢……”

而且她刚还上演了一把贺徊劈腿的戏码，暂时也没法解释。

“不来也没事，私下我带着她亲自请你吃饭。”贺徊立马道，他还是愧疚，“一柠，你其实也可以找找看有没有适合的人……”

“我真没兴趣，为什么人就非得结婚不可呢？我现在自己一个人，不知道多开心。”

贺徊笑了一声，声音非常甜蜜：“我也说不清，你得遇到那个人之后，才能明白。”

“行吧。”乔一柠眨了眨眼，方才她眼泪滴滴答答地掉，这会儿眼睛有些疼，“不说了，我眼睛疼，我先挂了啊。”

贺徊一应声，乔一柠就挂了电话将手机往桌上一抛。

虽然吴芝繁心心念念想把乔一柠嫁出去，但发生了这么件事，她一时不好再催。

乔一柠难得过了几天自由自在的生活，开心得都长胖了两斤。

但随着时间过去，她心里越发没底，总觉得吴女士在憋着大招等她。

这天，乔一柠跟着吴芝繁女士去大伯家吃饭。

大伯的小女儿，也就是乔一柠的堂妹，一脸娇羞地挽着男朋友，从路口恩恩爱爱地进门，黏黏糊糊地上了饭桌。

吃完了饭，吴芝繁女士赶乔一柠去院子里坐坐。她没什么事，便坐在院子里嗑瓜子。

就见堂妹一脸娇羞，嘴里说着“不，我不要吃葡萄皮”，她男朋友便一脸傻笑地将葡萄一颗一颗剥干净皮。堂妹又嘟着嘴，下巴一抬。她男朋友笑得更傻了，将沾着甜汁的葡萄肉喂到她嘴边。

乔一柠嘴里的瓜子瞬间不香了，再抬头，吴芝繁女士一脸慈祥和蔼地望着堂妹和她男朋友，再看到她，立刻眼一瞪，怒气冲冲地走开了。

这……莫非是隐形暗示？催她该找个对象了？

乔一柠坐不住了，走出院门，绕到小广场去看少年人打球，但她坐了一会儿，转头又看到了吴芝繁女士。

吴芝繁正和街坊邻居在说话。

乔一柠缩回脑袋，躲在大树后面，努力降低存在感。

离得不远，广场又空，吴芝繁女士和邻居的对话断断续续地传过来。

邻居说自己的小孙子听话，吴芝繁笑着夸对方有福；邻居又提起乔一柠不结婚，吴芝繁半是无奈半是维护地说，结婚还是得找喜欢的；邻居道哎你就是宠孩子，她不懂事，你怎么也不管管，吴芝繁就称自己教得不好。

甜甜的喜欢.
安排

乔一柠心里突然很酸，很酸。

远处的篮球落入篮筐，砸在地上，乔一柠却觉得那球像是落在自己心里，沉甸甸的。

[02]

当晚回家吃饭时，吴芝繁小心翼翼地提了一句“相亲”，乔一柠脑袋一热应下了。

她的想法很简单，就去见一面，反正不吃亏。

吴芝繁的想法也很简单，她就想乔一柠先找个男朋友，给乔一柠安排一场相亲。

所以隔天，她就迫不及待地去了城安街的相亲角。

城安街的相亲角是苏邻有名的“牛鬼蛇神”聚集地，其中“神”部分所占比例极小，那学历背景、家庭背景都是“神仙”一样的漂亮，可遇不可求。

之前，乔一柠试探性提出过“不想结婚”的想法，吴芝繁就拉她去过一回。当时被大叔大婶团团围住的场面，她至今记忆犹新。

所以乔一柠知道她妈去相亲角了，浑身不自在地拿着数位板和笔记本电脑跑到闺蜜钟怡遥家里，美其名曰“待在安静的环境给甲方爸爸赶画稿”，实际上躲的就是她妈。

钟怡遥乐得不行：“你信不信一会儿阿姨就找上来了？”

话音刚落，远在客厅的钟母就接了一个电话，声音悠长地穿过客厅传进来。

“哎，一柠啊，在啊，在我家呢……”

钟怡遥冲乔一柠耸肩：“你看。”

乔一柠无奈，只能搬着东西回了家。

回到家，吴芝繁直接通知乔一柠，相亲对象找好了，她跟对方父母加上了微信，互发了照片，也定好两人见面的时间地点了。

乔一柠一听对方二十七岁，博士生，现任大学老师，她就眼前一抹黑——学渣对学霸有与生俱来的敬畏感。

她连照片，都没兴趣看了。

“吴女士，你觉得他能看上我吗？”

“瞎说什么。你哪里不好了？会画画、长得好看，还独立！哪点不行了？”在吴芝繁眼中，女儿就是最好的……只有不结婚这一点不好。

乔一柠有些后悔答应相亲，她拿出撒手锏，伤心欲绝地往沙发上一靠：“我不行，我有情伤，我伤口正突突突地流血，血流成河……”

吴芝繁语重心长地劝道：“不怕，妈给你找了个止血贴。”

“止血贴”路决，此刻也非常惆怅。

他刚回家在玄关处换了鞋，就听他妈柳雨听说她给安排了相亲，时间地点都定好了，让他务必记得并且一定要前往。

甜甜的喜欢，
安排

路决拿过放在鞋架上的文件，低声说："我最近时间紧，哥那边……"

"别拿你哥当幌子。我可是刚问了他，工作室虽然弄好了，但设备还在路上，不急于一时。再说了，你一个大学老师会连吃顿饭的时间都没有？"

柳雨听显然不达目的不罢休。

"先见一面再说。"柳雨听俯身，从茶几下的抽屉里拿了个文件夹冲路决扬了扬，"你不是喜欢会画画的女生吗？这次，我给你找的这个，家世清白，无不良恶习，喜欢画画，怎么样？"

路决有些无奈："我没说过喜欢。"

"不喜欢你之前买一堆画册干吗？妈也不是要你相亲完就结婚，多认识认识新朋友，行不行？"

路决不说话了，他直起身，这个动作牵扯到了伤口，令他下意识皱了皱眉，站得离柳雨听远了一些，才道："您把资料放着，我一会儿再看。"

柳雨听立马笑了。

"如果没别的什么事，我先回房了。"

柳雨听点点头。

大门被由外往内推开，路决的哥哥路昀带着妻子和女儿推开门进来，狐疑地看向他们："大门怎么没关？"

柳雨听闻言："这可稀奇了，你今天怎么了？"

路决一顿："没事。"

"算了，妈不问了，我一会儿把地址发你手机上，明天记得赴约啊。"

柳雨听一把抱住迎面冲过来的孙女，摸了摸对方的脑袋。

路昀放下手里提着的水果，笑着问：“你又给阿决乱牵红线？”

“我这哪是乱牵啊。说起来人家跟阿决还是校友呢，也是临湖高中毕业的学生，”柳雨听道，“你说不定也认识……”

路决压根儿不想留下来听他们谈论，抬脚就往房间走：“我认识的人不多。”

“叫乔一柠，你认不认识？”

路决脚步一顿，扯着领口的手指一下没把住力道，原本摇摇欲坠的纽扣就蹦弹出去，滚落在他脚下。

这人他还真认识。

[03]

相亲当天，出门前，吴芝繁女士千交代万交代，一定要乔一柠给对方买一束花当见面礼。

幸好约定好的餐厅对面就是个花店。

不过，乔一柠哪懂花呀，她只对吃的有研究，正好闲逛着顺便回钟怡遥的微信。

因为，钟怡遥昨天参加了贺徊的婚礼，有一个惊天的八卦要跟乔一柠分享。昨晚，吴芝繁女士不到八点，先把乔一柠赶去洗漱，完了还让她做面膜，九点一到就勒令她立刻睡觉，乔一柠因此错过了第一手热气腾腾的

甜甜的喜欢，
安排

八卦。

不过，八卦什么时候都不晚。

钟怡遥绘声绘色地描述着，婚礼现场，新郎贺徊却在后台被打一事，结尾还不忘怒斥，这到底是道德的沦丧，还是人性的缺失？

听说打人的男子是新娘少年时爱慕的人，大家纷纷猜测，一定是这名男子幡然醒悟，原来自己也喜欢新娘，但不巧新娘要结婚了，所以他才大闹婚礼。可怜新郎贺徊，无辜被打……也不知道贺徊怎么想的，竟然没有报警。打人的男子，随后更是扬长而去。

乔一柠一时之间不知道该同情贺徊，还是该后悔自己竟没有围观到如此名场面。

Z：天啊，我刚知道的，打人男子是路决！路决！

一颗柠檬：谁？

Z：临湖高中的理科学神啊！次次考第一那个！天啊，天啊！学神冲冠一怒为红颜啊！太劲爆了！

路决？乔一柠对这个名字的印象不多，依稀记得对方好像挺高冷，不像会做出这种事的人？啧啧，果然，爱情容易让人变了模样。

门口传来“叮当”一声，乔一柠下意识地偏头看过去。

她瞪大眼，也不回钟怡遥的微信了，转过身对着花架乱瞟。

“徐妖怪”怎么在这儿？真是冤家路窄。

“徐妖怪”名徐莉莉，是乔一柠的初中同学。两人有宿怨，此刻徐莉莉手挽男友，她孤身一人，要是被徐莉莉看到，一番腥风血雨免不了。

要是知道她来相亲，她怕徐莉莉大牙都要笑掉。

乔一柠暗自祈祷，上天保佑，她可千万别认出我……

“你怎么在这里？我们好久没见了！”

乔一柠转过头来时，已经将笑挂在嘴边了。

“啊，好巧啊。”

乔一柠脸上笑着，心里却暗自把机关枪上膛了，徐莉莉要是敢作妖，就射她一身的窟窿！

“我陪我男朋友买花呢，哎，他就是烦，我说不要，他硬是要送我。”徐莉莉眨巴着仿佛用屠龙刀割的欧式大双眼睛，娇嗔地看了一眼身后和店员说话的男人，嘴里意有所指地射了一箭，“你呢？买花吗？一个人啊？”

进花店不买花，我看店吗？你问什么废话呢！

“我……”乔一柠还没想出借口，就见徐莉莉伸手缩了缩耳后的头发，突然拉下嘴角，一脸难过的模样。

“唉，都怪我当初一时嘴快，说你这性子找不到人配你，知道贺徊跟你在一起我还很欣慰，结果贺徊跟别人结婚了……听到这个消息啊，我心里就很过意不去，一直担心你，你看你现在一副没着没落的样子……”

徐莉莉说得那叫一个情真意切，演得仿佛下一秒就要落下忏悔的眼泪来。

乔一柠气得不行，徐莉莉在知道贺徊跟别人结婚时，要是没仰天长笑，鞭炮齐鸣，她就不姓“乔”！千年老妖怪还想在她跟前演白素贞。

她眼角余光一扫，正好扫到不远处有一个男人在挑花，一身白色衬衫，黑色休闲裤，身量颀长，气质清雅。眼见他拿着几枝百合，看来是预备去结账了，乔一柠脑袋里的愤怒战胜了理智，上前拉住了对方的手臂。

“你挑好了啊，我刚好遇到朋友了。”乔一柠假装亲密地大声说了一句，转瞬又压低声音，“不好意思啊，帮我一下。”

对方明显一僵，下一秒就想抽离手臂，乔一柠想也不想，死死地抱住。

徐莉莉满脸疑惑的样子：“一柠，这是？”

乔一柠感觉那人挣扎的动作瞬间停止了。

她认为这是对方答应帮她演一场的信号，底气立马足了，软骨头似的将脑袋往对方怀里一靠，笑了笑。

“莉莉，给你介绍一下，他是……”

对啊，他是谁？他叫什么啊？

乔一柠一顿，身后人却自然而然地接上了话：“你好，我是路决。”声音低沉，仿佛被拨动了琴弦。

一只白皙修长的手出现在乔一柠眼前。乔一柠顺着手往上看，看到对方修剪干净的指甲以及手腕上宝蓝色的积家腕表。

不久前，乔一柠查找资料画图时正好看过这一款，对它的价格还记忆犹新——人民币 43 万。

徐莉莉的眼睛都亮了，忙不迭地伸手握住了那只手。

眼看徐莉莉用拇指轻轻蹭了蹭对方的手背，乔一柠脑内的气一下腾空而起。

“路先生你好，我是莉莉，我和一柠可是很好的姐妹。”

真是妖怪！不知廉耻！

男人从容地将自己的手抽回来，语调清冷地拆了徐莉莉的台：“是吗？我倒没听她提起过你。”

徐莉莉嘴角一僵，有些下不来台。

乔一柠心里直乐，等等……他刚说他叫……路决？

有点耳熟啊……嗯？路决？

不会是那个路决吧？就几分钟之前，钟怡遥微信里说的，为爱大闹婚礼胖揍新郎的临湖高中学神，高冷路决？

乔一柠猛地一抬头，正撞上路决低头看她，心底便是一窒。

金丝边眼镜下方是一双细长如墨的眼，那张脸……以乔一柠学渣的身份，只能说“好看，好看，真好看”。这时，落在他眉间的碎发微微晃动了两下，乔一柠鬼使神差地将视线移到他的眼睛，盯着不放了。

这张脸比手还好看，眼睛最好看，难怪徐莉莉按捺不住，她不仅是见钱眼开，还是见色起意啊……

乔一柠脑海里各种念头转着，好一会儿才眨了眨眼转头看徐莉莉。

徐莉莉还想一探究竟，站在前台付完款的男人喊了她一声，她不情不愿地扫了乔一柠一眼。乔一柠立马又乖巧软糯地靠着路决的肩膀，但这次她心虚，不敢真靠上去。

徐莉莉扯了扯嘴角，笑意不及眼底："那我就先走了，我得赶紧把 99 朵玫瑰带回家养着。"

乔一柠一脸体贴地点点头："那你快去吧，玫瑰是得好好养着。上次那 999 朵玫瑰，就被我养废了，好在他又给我买了 999 朵。"

应付徐莉莉就得用这种方式才行，谁还不会秀恩爱了？

徐莉莉被噎了一口，嘴角一抽走了。

乔一柠压抑不住地笑出声，一双大眼睛硬是笑成了小月牙。她笑了没几秒，视线就迎上了路决的目光。

忘记这尊佛了……

乔一柠敛了笑，逃也似的往旁边跨了两步："对不起啊，刚才谢谢你。"

路决看着她，半晌才说："乔一柠。"

"嗯？"乔一柠下意识地应了声，下一秒，她困惑地看向路决，"你怎么知道我的名字？"

路决将百合花递给店员，才道："我是路决。"

他的声音很轻，带着难以察觉的试探。

"我知道啊！"乔一柠笑了笑，过了会儿才一拍手，还是没忍住内心的好奇，"对了，你也是临湖高中的吧？"

路决显然有些惊讶："嗯。"

还真是八卦当事人！

“我听怡遥说，你单枪匹马闯进贺徊的婚礼会场，把他打了一顿？看不出来啊，为爱奋不顾身啊。”

路决心里猛地一跳，片刻又品出些别的意思：“你是指……”

“就你昨天为了新娘，把新郎打了一顿那事啊。”乔一柠一脸唏嘘，安慰他，“你也别难过，更好的就在前方等着你呢。”

路决感觉自己方才的心惊压根儿就可笑：“那你呢？你就不难过吗？”

乔一柠一愣，转瞬才明白过来。

高中同学不少人知道她和贺徊在一起，不过也仅有几个密友知道她和贺徊不过是“塑料情侣”。听路决这么问，乔一柠懒得解释，索性顺着他的话演戏。

“爱情不就是这样吗？来来去去，分分合合。”乔一柠看了一眼墙上的时钟，“我这会儿有事，得先买花走了。你也来买花送人吗？送谁啊？”

乔一柠语调里没有半点难过的痕迹，路决却有些失神，他嘴角紧紧抿着，半晌才“嗯”了一声。

乔一柠觉得他的表情有些奇怪，但也没想问，毕竟彼此不熟。

这时，路决从店员手中接过花束。

片刻，那束百合花落在乔一柠怀里。

“送你。”

[04]

乔一柠以为这场相亲会不欢而散,但没想到意外和谐,和谐到回到家后,乔一柠还有点意犹未尽。

毕竟从别人那里听说的相亲，一般是这样的——

问你的工作、家庭背景，甚至还会直接将你的未来规划都安排好了，什么相夫教子，生男还是生女，要洗衣做饭等等。

但路决不是的，他不仅完美地避开了所有雷点，甚至体贴细致得让她觉得，他似乎有些小心翼翼。

这样一个人又怎么会做出闯到别人婚礼现场暴打新郎的事情?

看来，贺徊的老婆是他的真爱了，爱情这种东西真是奇妙。

乔一柠唏嘘。

也不知道贺徊老婆喜欢的路决到底是什么样，也不知道贺徊老婆那时有多好，才令路决这么念念不忘的……

想到这儿，乔一柠直起身走到书架前，蹲下身抱着一个木盒子出来。

她低头翻了翻，在最底下找出了临湖高中时期的相册。

相册的最后一页放着一张全年级的大合照，班级按照一到二十的顺序从左往右排列。乔一柠先全神贯注地在众多人头中找到自己，之后才去寻找路决。

临湖高中的八班至二十班是理科班，既然路决是理科学神，那他应该在尖子班……

乔一柠的目光随着食指不停移动，终于在茫茫人群中找到一脸漠然的路决。

现在的路决跟几年前的路决有些差别，少年路决脸上带肉，面无表情却不显锐利。她今天看见的路决，面部轮廓深了，戴上了眼镜，连目光都有些清冷。

乔一柠目光一顿。

板着脸一脸严肃的少年下面，俨然就是举着剪刀手冲镜头笑得很甜的她。

拍毕业照那天，路决竟站在她身后。

盯着相册上路决略显模糊的脸看了半天，乔一柠总觉得毕业之后，她好像在哪里还见过路决。

“到底是什么时候呢？”乔一柠盘腿坐在地上，思索起这个问题，还没想出个所以然，就听到父亲乔正严喊她的名字。

乔一柠赶紧应了一声，将毕业相册重新装回木盒子里。

苏邻的天气向来变幻莫测，白天艳阳烈烈，晚间突然下起了雨。乔一柠帮吴芝繁把露台上的花往走廊上搬，搬完之后，吴芝繁说夜间风凉催她回房，她嘴里答应着却没有走。

漆黑的夜空，连绵细雨兜头而下，溅落在地面上开出一朵又一朵小水花，白色的水花像一片迅速盛开又消失的花海。

甜甜的喜欢。
安排

乔一柠欣赏了好一会儿雨，终于想起来了。

上大学不久后，她曾在学校的礼堂里见过对方。那天也下了一场迅猛的雨，她在礼堂外的长廊避雨，路决从雨中走来，在她旁边站了很久之后喊了她一声。

她没认出路决，所以警惕又小心地往后退了一步，问他是谁。

路决看着她没有说话，给她留了一把伞就走了。

现在想来，当时路决为什么会出现在那里？

想不明白，她晃了晃脑袋，关上了露台门返回房间。

乔一柠摸出手机，就看到十分钟前，有一串陌生号码的未接来电。乔一柠没有回陌生号码来电的习惯正想不予理会，手机又突兀地响了起来，正是稍早打过来的那一串陌生的号码。

乔一柠犹豫再三，将手机放在耳边迟疑地“喂”了一声。

“怎么不接电话？”电话里的男声微沉，似是在指责她。

乔一柠一头雾水，正想挂掉电话。

对面的人又莫名其妙说了句：“乔一柠，你总是不接电话。”对方像是在呓语，“你总是这样。”

乔一柠眉间一皱，终于想起声音的主人：“路决？”

路决郑重其事地“嗯”了一声。

她手上有路决的资料，路决自然也有她的资料。

乔一柠靠着书桌小声问：“有事吗？”

“没事就不能打电话吗？”路决立马问道。

乔一柠一愣：“不是，我就是问问。”

“那你问问别的。”路决话锋一转，声音突然含混不清，“乔一柠，这里风好大。”

乔一柠背脊一僵，问：“什么风大？你在哪儿？”

过了两秒，路决才答非所问道：“风很大，我好像要被吹走了。”

他的声音虽然听着清醒，但这与白天乔一柠所见到的路决大相径庭。乔一柠几乎可以断定对方喝了酒，还醉得不轻。乔一柠脑海里瞬间浮现路决踩在天台边上的画面。

吓得乔一柠不轻，她半问半哄地从路决口中问出地址。路决不让她挂电话，她只能一边跟他说话，一边下楼拦车赶过去。

路决喝醉之后话出奇多，乔一柠口干舌燥地跟他聊了一路，但凡没及时回话，路决就生气，她只能耐心地哄。

出租车师傅从后视镜看了乔一柠一眼，笑着问她是不是哄家里的小朋友。

乔一柠一下脸就红了，下车她都没缓过来。

路决在一个露天酒吧喝酒，坐在露台的长廊台阶上握着手机说话。他今天穿着一件白色 T 恤外面套着浅蓝色的格子外套，跟白天比，看着就像少年。

甜甜的喜欢.
安排

一个服务员见乔一柠走近，有些头疼地说：“外面下雨，你朋友不肯进来，硬是要躲在长廊上给你打电话。”

乔一柠立马致歉，替路决付了账，走到路决眼前。她刚见到路决就将电话挂了，此刻路决皱眉握着手机，一副不高兴的样子。

乔一柠在他身前蹲下，突然觉得有些好笑，她轻轻喊他：“路决。”

路决摆弄手机的手一顿，缓缓抬头。

廊外的细雨已经停了，水珠滴滴答答地下落。露台的门关着，有音乐声从门缝溢出来，有人在唱苏打绿的《我好想你》。

路决突然伸手拉了乔一柠一把，将她往内侧推了推，一脸严肃：“下雨你不知道吗？”

乔一柠捉摸不透他，又没办法将他丢下，只能顺着他的动作往里，抱膝坐下，问：“你是不是醉了？你到底喝了多少酒啊？”

“应该是醉了。”路决不否认，“醒着的时候见不到你。”

“嗯？”乔一柠一愣，“你是不是认错人了，我可不是贺徊的老婆啊。”

路决反应极大地偏头瞪了她一眼：“不许提他！”

“行。”乔一柠连忙举手，下意识地哄，“不提不提……”

看路决这样子，乔一柠八卦的心思又起了。她往路决那边凑了凑，小声问：“你真把他打了啊？”

路决声音坚定：“打了，他对她不好。”

他脸上的难过显而易见。乔一柠心里突然很软地陷了进去，她偏头看路决："那你为什么之前不告诉她，你喜欢她？"

路决不知道听没听见，低着脑袋不说话。过了会儿他突然转头看着乔一柠："你为什么现在才来接我？"

乔一柠一时哑然："我……我一接到电话就来了啊。"

"骗人。"

乔一柠无奈道："真的，骗你是小狗。"

路决突然凑了过来。乔一柠下意识地将背脊压在背后的墙上，路决的脸有些红，眼尾更是像蹭着一抹血色，但看她的目光里除了醉意还带着些天真。

"那你笑一笑。"路决说。

他的表情像执拗要糖的孩子，声音却带着诱哄："你笑一笑，我就知道你是谁了。"

这都哪儿跟哪儿啊？路决的思维是丢进滚筒洗衣机里了吗？

乔一柠脑袋都空了，视线从路决靠近的肩膀又爬回到他脸上，最终被美色诱惑，弯着眼尾笑了，可爱又乖巧。

路决的目光一下就变了，他呼吸声一沉，小心地问："我可以亲你吗？"

乔一柠笑意一僵，惊慌失措地往后仰："不行！"

"不行吗……"路决的声音像被酒水泡过一样软，乔一柠明明滴酒未沾，此刻却觉得头晕目眩，"就一下好不好？亲这里好不好？"

路决用滚烫的指腹轻轻挨了一下乔一柠的脸颊，目光湿漉漉的，像映了一束月光。

太犯规了！乔一柠心里哀号一声，心跳不自觉地快了一些。路决喝醉之后的样子竟是这样的吗？那他以前喝醉过吗？是不是也喜欢逮着人亲？

乔一柠恍恍惚惚地想。

她看着路决慢慢地靠近，她落在身侧的手瞬间握紧，脑袋却无法动弹，鼻子闻到酒气之外淡淡的薄荷味，有些凉，却让她的脸异常滚烫。

路决抬手将鼻梁上的眼镜取下，下一秒，滚烫的热吻便落在她脸颊上，他动作小心翼翼得像对待一朵脆弱的花，一触即离。

“亲到了。”路决脑袋一歪靠在乔一柠的肩膀上，低笑道，“好像真的……”

乔一柠睁着眼，感觉肩膀上的路决越来越重，半晌，她重重呼出了一口气。

要了命了，她这是做了一回替身？

过了一会儿，乔一柠将路决摇醒，费了九牛二虎之力，从他口中问出了一个叫“温二”的。

路决的手机没有设置密码，乔一柠打开通讯录，很快找到一个叫“温瑞康”的名字，这个名字她有些熟悉，临湖高中有名的富二代。

乔一柠一边防着路决往旁边倒，一边握着手机等待电话被接听。

过了会儿，电话那端传来一道吊儿郎当的男声。

“干吗，不会又找我一起去揍贺徊吧？”

乔一柠一顿，惨还是贺徊惨。

“你好，路决喝醉了，你方便过来接他吗？”

那边的人瞬间静音，过了会儿，才试探地问：“你是？”

“我是乔一柠。”

乔一柠答了一句，那边就传来一声巨响，像是有重物倒下了。

温瑞康从地上爬起来，一边扶起椅子，一边看了看手机，确定是路决的手机号码后，忍不住骂了一句脏话。

乔一柠不明所以，“喂”了几声之后才听到对方让她将地址发过去，他一会儿就到。

她挂掉电话后下意识地滑了下手机屏幕，通讯录界面消失，手机桌面展现。她扫了一眼，正要按下锁屏键的手指一顿。

室内的音乐换了一首，钢琴乐曲如流水般荡漾在他们周身。路决的脑袋沉沉地压着她的半边肩膀，嘴里含混不清地不知道在说什么。廊檐的水珠缓慢地掉落，砸在她眼前。

乔一柠的手指轻轻地在路决的手机屏幕上一滑，桌面的图片重新出现。

少年路决板着脸看镜头，少女乔一柠举着剪刀手笑得眼睛弯弯，稚嫩的蓝白色校服上有打碎成块的日光。

这张照片，她才看到过。

毕业大合照里的他们。

第二章

她心里那头撞死的小鹿，好像也起死回生了

[01]

“我问了学生会的秘书长，这次年级的毕业照是按照班级的顺序排的，彩排时间是四号下午五点，在操场。”

路决靠在树上，拧开了一瓶矿泉水，拇指摩挲着瓶盖上的纹路半天才应了一声。

温瑞康刚从球场下来，脑袋上都是汗。他拿护腕蹭了蹭额头，问：“你问这个做什么？”

路决喝了一口矿泉水：“好奇。”

“这有什么好好奇的？不过我俩得站在一块啊，我们这么铁的关系，不站一块说不过去。”

“你不跟隔壁班的学委站一块了？”路决看了他一眼。

温瑞康嘿嘿直笑：“当然是兄弟重要了！”

但毕业照那天温瑞康没找到路决，结束之后，他才知道路决临时和班里的体委换了一个位置。他笑骂路决换的位置左右都是男生，到底为什么换位置，有什么不一样的。

“不一样。”路决回答他。

温瑞康百思不得其解，很久之后，他才明白路决这一句不一样是何意。

清晨的阳光带着慵懒的暖意，整个城市上空的雾气被光线穿透而过，撕裂成成条的水雾，转瞬又消失不见。

温瑞康支着脑袋坐在露台的藤椅上喝牛奶，身后传来轻微的响动，他喝着牛奶目不斜视地看着远处。

“我帮你跟学校请假了，今早的课不用去上了。”温瑞康慢悠悠道，“我没敢说你喝醉酒醒不来，怕教研组的组长把你撕了，说你胃疼，他要是问起你可别露馅啊。”

片刻后，路决拉过一旁的藤椅与他并排而坐。

温瑞康盘腿坐在藤椅上，手上的热牛奶一寸一寸将温度融进他手心里。

“我昨晚喝醉了。”路决好一会儿才说。

他声音暗哑，但显然脑袋已经完全清醒了。

“这话跟我说没用。”温瑞康嬉皮笑脸地转头看他，“你得去跟乔一

甜甜的喜欢，
安排

柠说。”

路决按在晴明穴上的手指一顿，隐隐想起什么，顿时连按压晴明穴的力气都没了。

他酒量过得去，但不能喝杂酒，一喝就醉。以前温康瑞就说过，他一喝醉就像变了一个人——非常诚实，行为完全遵从内心。

酒后行为完全遵从内心的他，面对喜欢的人……

路决皱了皱眉，从藤椅上站起了身：“我先走了。”

温瑞康连忙喊住他。

“赶着去跟乔一柠解释？其实我觉得不解释也挺好的，顺势往下发展呗。这么好的机会，相亲遇到白月光，白月光变成枕边人，多好啊！”温瑞康“啧”了一声，“你们现在一个男未婚，一个女未嫁，也不是没可能啊。”

温瑞康见路决不为所动，又吊儿郎当道：“不过你放弃这次机会也好，俗话说人各有命，改天说不定乔一柠又遇到个贺一、贺二的，最糟的是万一她结婚之后才发现对方是个人渣呢。最近网上不是有很多什么‘男方出轨被查，一怒之下家暴妻子’之类的。”

路决没应声，但显然将他的话听了进去。

温瑞康这是打蛇打七寸，直接踩在他命门上了。

温瑞康激将成功，捧着牛奶笑：“拜拜了您嘞。”

路决的车还停在酒吧的停车场里，他绕道酒吧开车回家时，接到路昀的电话。

路昀的女儿今天因为发烧没去幼儿园，烧一退就嚷着要找叔叔吃饭，路昀挨不住女儿撒娇，来约路决中午一块吃饭。

路决到餐厅时，路昀正在点餐，见他过来就忙不迭地将女儿交给他，说是公司那边有急事，得先走一步。

吃饭时，路决心里装着事，失手给小侄女夹了她最不喜欢的西蓝花。

小侄女双手撑着小脑袋，奶声奶气地问他："叔叔，你是不是心情不好呀？"

路决将烤肠切成一小块，放在她的餐盘里。

"叔叔……有一个朋友。"路决思忖片刻，换了一个浅显的说法，"她很笨，经常会受伤，叔叔很担心，但又不知道怎样做才能让她不受伤。"

小侄女学着大人的模样皱着眉思考，过了会儿，眼睛一亮："我知道了！我幼儿园的朋友甜甜，她就总是受伤，因为她走路不看路，所以每天都哭。"

路决放柔了声音："那怎么办？"

"我牵着她就好了！"

路决愣住。

"只要我一直牵着她，她就不会摔了。而且摔了也没关系，我口袋有糖，可以哄她哦。"

如果怕她摔倒，那就一直牵着她。

甜甜的喜欢。
安排

怕她难过，怕她哭，那就买糖哄她。

路决活了二十七年，在喜欢的人面前却永远笨拙无措。他总是站在上帝视角，希望能够找到让对方不受伤害的办法，甚至想找寻一个可以保护她的人，可他忘了，如果一定要找这么一个人，那个人为什么不能是他？

路决伸手摸了摸小侄女的脑袋："叔叔知道了。"

[02]

乔一柠从来没有想过路决会喜欢她，毕竟路决是临湖高中的理科学神，领奖台的熟客，拿奖拿到手软的天之骄子；而她呢，长相一般，成绩不上不下，用吴芝繁女士的话来说，她能考上西行大学都是上天保佑，万神显灵。

况且，在她的记忆中，她和路决就没有多少交集。

如果路决真的喜欢她，她怎么可能一点都感受不到？

乔一柠别的不行，自我认知却非常准确，所以路决不可能喜欢她，那天的手机桌面说不定是她被酒气醺糊涂眼花了……

这几天，乔一柠一直都这么告诉自己，庆幸路决没有再联系过她。

就让那天晚上的事情像一阵风似的，走就走了吧，最好不留半点印记。

然后，心虚的乔一柠接到贺徊的电话。

听着贺徊"啧"了有五分钟，说："路决将我堵在后台的洗手间，前后和我说了两句话，你想知道是哪两句吗？"

不。我不想。

“第一句是，你要结婚？第二句是，你对得起乔一柠吗？”

“你品品，你细品。”

乔一柠强撑着，假装自己并没有脸颊发烫，心跳如雷。

贺徊继续说：“两句话，三拳两脚！我都是为了面子，才没坐着轮椅被推着上场结婚。要不是看在你的面子上，我早报警了。”他又啧啧，“你品品，再品品。”

路决喜欢她，为了她独闯贺徊的婚宴将贺徊揍了一顿，因为他觉得贺徊对不起她。

这么多年来，乔一柠也遇见过几个说喜欢她，永远对她好的男人，但她不信，半点没往心里去，拒绝时脸上的为难也是为了让彼此脸上好看假装出来的。

但是，路决……

乔一柠甚至都不知道有这么一个人存在，而相亲遇到路决那天，她还拿这件事调侃他。

他喜欢她，她却笑话他。

乔一柠后悔了，她恨不得去路决面前负荆请罪。

纠结了几天，路决依然没有联系她。

所以，她品错了吧？自作多情了吧？

于是，乔一柠心平气和地回归了原本的生活节奏——白天补眠，夜深人静时赶画稿。

最近她接了一个游戏工作室的活儿，负责一个游戏人物的设计图。因为这个叫ED的工作室，地址在苏邻购物广场对面，她还得时不时去参加他们的讨论会。

刚结束一场会议，乔一柠偷空跑到购物广场一楼的奶茶店买奶茶。正值周末，广场上人潮涌动，她排队了好一会儿才买到一杯奶茶。抽掉了吸管外的薄纸，将吸管插进奶茶杯里，她猛吸了一大口，转过身就与迎面而来的路决撞个正着。

乔一柠也不知道路决有没有看见她，但她本能地将抬起的头又低了下去，握着奶茶的手还抖了两下，她的余光瞥见路决正往她这边来。

我不慌张，我一点都不慌。

是我的手它自己不听使唤！

“乔一柠。”

“嗨！”乔一柠僵硬地打了个招呼。

“好巧啊，喝奶茶吗？”说着，她把手中的奶茶往前一递。

看吧，我的手它有自己的想法！

路决的视线落在奶茶上，乔一柠循着他的目光，发现吸管口粘着半颗珍珠，她仿若被烫了般收回手：“那个，我重新给你买！”

“不用了，我不喝。”路决斟酌两秒，“上次的事情……”

乔一柠心一提，抢先一步道：“对不起！我不知道，我就是见到了八卦的当事人，忍不住想嘴欠两句……但我没想到……”

“我是说……”

“我知道，我都知道，我没有嘲笑你的意思。”

“你是不是……”

“是是是，我错了，我有罪，我给你赔礼道歉，端茶递水。”

路决似乎没料到这个场面：“端茶递水？”

“啊——”乔一柠傻愣愣地点头，就差在自己胸口写下“囚”字了，“我可以赎罪。”

路决看了她两秒，有些无奈：“你这样，很容易被骗的。”

乔一柠不明所以。

路决原本想解释醉酒后的事情，但显然乔一柠的重点放在——她觉得自己无意间出言伤害了他，现在愧疚得想赎罪。尽管当时他确实觉得不好受，毕竟他以为自己给当事人出气了，当事人却误以为他是为了别的女人。

但是，他已经不在意了。

“你怎么一点都没变？”

乔一柠还以为他要夸她天生丽质、依旧青春，下一秒就听到路决带着叹息的语气：“太傻了。”

乔一柠：“……”

“也挺好的。”路决镜片后的眼睛眯了眯，“帮我一个忙吧。”

就这样，乔一柠跟着路决进了购物广场的电梯。

购物广场十七楼往上的三层，有只对广场所属的集团的贵宾开放的餐厅，需要刷卡才能乘电梯抵达。

电梯门一开，就有工作人员笑脸盈盈地迎上前，路决看了对方一眼，赶在对方开口之前说了一句“我自己过去”。

乔一柠咬着奶茶吸管，看一眼工作人员身上的真丝长裙和高跟鞋，再看了一眼自己身上的牛仔吊带裙和白色帆布鞋，伸手戳了戳路决的手臂。

路决带她绕过大厅的屏风，拐进长廊，转头带着疑问“嗯”了一声。

“你觉不觉得，我不太合适？”乔一柠在自己身上比画了一下，“毕竟你说，你爸妈今天让你来相亲，但我今天这身装备，这没化妆的样子，战斗力不行，太嫩了。”

路决顺着往她身上看了一眼：“没事，我爸妈不管这个。”

“那他们管什么？”

“我喜欢就行。”

“那你喜欢吗？”乔一柠脱口而出。

话一出口她就后悔了，因为她看见路决的背脊不自觉地挺了挺，站在包厢门前没说话。

真是哪壶不开提哪壶。

乔一柠暗骂了自己一句，决定装作什么事都没发生，抢先上前推开门。

白亮的灯光从逐渐扩大的木门缝隙溢出来，很快，里面的场景完完整整地呈现。里面站着正举杯欢笑的人无一例外都停了下来，将目光投射到乔一柠脸上。

乔一柠往后退了一步，撞在路决怀里被路决伸手握住了肩膀。

“这阵仗不太像是相亲啊……你觉得呢？”乔一柠抬头看路决。

路决镇定自若地推着她往里面走，身后的木门一关，众人恢复笑颜，边冲路决举杯边打量他身前的乔一柠。

“刚忘了说，今天也是我爷爷的生辰。”路决走到一旁的架子上拿了一只黑盒子递到乔一柠手里，“拿着。”

“不是，你爷爷生辰，我来不合适吧，你刚不是说相亲吗？”乔一柠小声嘟囔，还不得不笑脸迎人。

路决如实道：“你不来就要相亲了。”

“赶人我在行，但面对长辈我不行。”

乔一柠想落荒而逃，但路决反应很快，挡住了她的去路，她垮着脸，可怜兮兮地说：“路决，我不行的。”

路决低头看她，她委屈巴巴的样子，说话间，眼尾不自觉地向下，衬得那双杏眼我见犹怜。

路决突然想起温瑞康那一句“男方出轨被查，一怒之下家暴妻子”，不知怎的心里一慌，握着乔一柠的肩膀原地一转，将她往中央的主桌推。

“没事，我在。”路决在她身后说。

路决带着乔一柠站在一位七旬老人身前，屈指敲了敲乔一柠的手腕，乔一柠立马将手上的黑盒子往前一递。

“爷爷，生辰快乐。”路决说。

乔一柠有样学样：“爷爷，生辰快乐。”

路蒋易推了推老花镜，笑得一脸慈爱：“哎，这小姑娘真可爱。”

一旁帮路蒋易拿礼物的柳雨听愣住了，她儿子不是说没戏吗，怎么现在都将人带来了？

路决带着乔一柠坐下，路决的父亲路建廷起身讲了几句场面话后，就催促众人动筷。

主桌都是路决家里的人，一会儿婶婶问一句，一会儿二叔问一句。乔一柠磕磕巴巴地应答，眼神落在不停转动的菜肴上，连自带的奶茶都不敢喝一口。

这时，一位稍显年长的女人，问：“你们是怎么认识的呀？”

乔一柠下意识地想说相亲，但她没和路决对好口供，怕露馅，所以偏头看向路决。

众人却误以为她羞红了脸，不好意思回答。

路决一顿：“高中认识的。”

乔一柠眼睛微微睁大了，路决一脸镇定地应付接二连三的询问。餐桌上有不少年轻人，八卦的心思很重，问的问题也越来越仔细。

“我告白，她没答应。”

“嗯，后来又遇见了，所以在一起了。”

“别人？没有，从头到尾就她一个。”

“结婚？我听她的。”

乔一柠被路决的演技折服了，在路决转头看她的瞬间，下意识地“啊”了一句。

众人犹如打了兴奋剂一般，纷纷举杯，嘴里还说着“好事将近”“双喜临门”。场面一时热闹非凡，连寿星都乐呵呵的，多喝了几口酒。

乔一柠不好出声说什么，只能一边感觉小脸发热，一边将脑袋压低了。

“吃什么？”路决突然凑到她耳边问了一句，她眼睛一亮，自以为隐蔽地往路决那边靠了靠。

“想吃虾，还有那个松鼠鳜鱼，玉米烙也可以来一点……”

乔一柠自觉说得有点多，正想改口，路决却支起筷子，把她刚念的菜都夹了一些放进她的碗里，玉米烙上有糖，路决另外放在了碟子上。

众人都开始谈正事了，就乔一柠边埋头苦吃，边小声地跟路决报菜名。路决恍惚觉得自己养了一只小松鼠，正在奋力进食，而且异常听话。

路决：“喝口汤。”

乔一柠放下筷子，捧着汤碗喝了一口。

路决：“吃口青菜。”

乔一柠不得不放下临到嘴边的牛肉，往嘴里塞了一大片青菜。

路决怕她噎着，又道：“慢一点。”

乔一柠怒了：“我已经很慢了，你怎么跟我爸似的话这么多！”

甜甜的喜欢.
安排

路决被怼了一句，不敢再说了，低头为她夹菜。

柳雨听惊奇得很，她儿子竟然也有被堵得哑口无言的一天，理由还是因为话多……真是神奇。

小松鼠乔一柠专心致志地吃，腮帮子一鼓一鼓的。路决假装看不见柳雨听意味深长的视线，拿汤匙舀了一口蒸蛋准备放乔一柠碗里。乔一柠吃糊涂了，下意识地张口就咬住了汤匙，才察觉有点不对。

乔一柠咬着汤匙，整个人都僵了。

汤匙金色漆身，在头顶的水晶灯下闪了闪，乔一柠鬼使神差地说："我就试试是不是金的。"

她越说越心虚，恨不得背过身唾骂自己，还试试是不是金的，你把自己当金属探测仪吗？这还是当着路决的面……

她不想活了！

路决手腕一动，竟没有开口取笑她，一副将她的理由当真的模样，真心实意地劝她："不是金的，以后别见什么都咬。"

乔一柠将那一口蒸蛋吃了，感觉耳尖烫得厉害。

[03]

饭后，路决没送乔一柠出去，而是带她到十七楼的露台消食。这时，乔一柠才一脸懊恼地问路决，她是不是给他丢人了。

路决见她恹恹的神情，心里莫名发软："不丢人。"

乔一柠半点没被安慰到，捂住脸：“哎，这脸我不想要了。”

路决勾唇一笑，倒是不挑剔：“那我收着。”

乔一柠有些好奇地看着他：“我突然发现每一次见你，都会发现不一样的你。”

她趴在栏杆上支着脑袋往下看，继续说道：“第一次见你时，你很清冷很绅士；第二次你醉酒时又像个小孩子；现在，我又发现你不像表面那么正经，瞎编乱造的话信手拈来。”

乔一柠指的是路决在宴席上回答亲友们说的那些话。

从露台往下看，能够看到广场里密密麻麻的人潮，以及广场中央高处的巨型 LED 屏，屏幕被分隔成 121 块方块，此刻，满屏漆黑，只有一盏红灯随意在方格里跳跃。

路决的眼眸里映着那点跳跃的红光，半晌才说：“也不全都是假话。”

乔一柠扶在栏杆上的手瞬间握紧了。

路决的声音很轻，像是怕吓着她，又像是有些难以开口：“没有别人，从头到尾都只有你。”

乔一柠呼吸顿住，心跳加快了一些。

路决说：“我喜欢你。”

广场上有人在玩大屏幕上的游戏。

只需扫码支付一块钱，在手机上的 121 块方砖上选好其中一块，大屏幕上的红点就开始随意跳动。如果红点正好落在选中的地方，那么这人就

甜甜的喜欢。
安排

能去前台换一份首饰。

首饰囊括了各大珠宝品牌,就算能换的只是一份小礼品,也够人开心了。

正好有人选中了红灯所在处，三三两两地抱团欢呼。

嬉笑声像浪潮涌过来，衬托得他们周身安静得有些吓人。

路决仿佛是在等待审判的囚徒，乔一柠转过去看他，就看见他绷紧下颌线，垂眼的样子。

她觉得自己大概是要完了，因为她不忍心。

“我……”

“不如试一试？”路决抬头看乔一柠,“我们相处一段时间,你觉得难受,可以随时终止这段关系,最终结果若是不如你意,也可以断了联系,但是……如果你觉得可以的话，我们就试试看。”

乔一柠没想到路决忐忑的样子，竟是这么可爱。她心里像飘着一块蓬松又雪白的云，不自觉地笑了：“试着在一起吗？”

“嗯，”路决的话掷地有声，“结婚也可以。”

“你家人既然安排了相亲，肯定是催你结婚，我猜，如果不是迫不得已，那天你也不会来。你很孝顺，就算你不愿意，你也不会让自己伤他们的心。”路决看着她，眼眸幽深看不出情绪，她感觉心里一惊。

“你要嫁人，我想娶你，那你何不把机会给我？”他的尾音很轻。

乔一柠却听出了他的委屈，他的话像一根丝毫不锋利的软刺，不会扎伤她，又让她有些难受。

而且他急于解释的样子，特别像小时候她被老师误判题目，她据理力争，急着找回分数的模样。明明是有机会拿分的，可为什么不给我？

乔一柠动摇了。

路决长得好看，家境好，头脑好……还喜欢她。她这辈子如果真要找人结婚，估计找不到比他更好的。

“好啊。”

路决猛地抬头看她。

乔一柠望着他震惊又喜悦的样子，决定遵从自己的内心：“我喜欢长得好看的，你就长得很好看。”

气氛一时之间变得有点难以言说。

沉默了许久，乔一柠决定打破这沉默，转身靠在栏杆上，有些不好意思地问：“我这样说，是不是特别没皮没脸？”

路决脸上的表情放松了一些，声音也不再紧绷。

“没事，你脸在我这儿。”

乔一柠乐了，过了会儿才想起有一件事，她还没有解释。

路决现在看着心情很好，而且俗话说，伸手不打笑脸人，只要她笑得够甜，路决应该不会打她。

乔一柠怀着侥幸，笑得一脸乖巧，但声音很小：“其实，我和贺徊没有在一起。”

路决猛地转头看她，她硬着头皮继续说：“我们这么多年都是假扮情侣，

甜甜的喜欢，
安排

各取所需。”她看着路决紧紧蹙着的眉眼，声音更小了，“所以，改天你还得跟贺徊道个歉。”

路决一动，乔一柠就往后撤，笑着讨饶：“我错了！我也不知道会是这种局面呀。”

她认错态度良好，况且路决现在确实气不起来。

乔一柠察觉到对方不打算计较的态度，立马去拉对方的手臂：“真错了，别生气。”

路决看着她，还是将心里的疑惑问出口：“所以，你不喜欢他？”

乔一柠立刻摇头：“不喜欢。”

既然乔一柠不喜欢贺徊，那贺徊结婚便不会对乔一柠造成任何伤害。

想清楚这一点，路决才松了一口气：“那我确实需要向他道歉。”

[04]

前天逛街，乔一柠随口说了一声想吃日料，路决今天就在苏邻最火爆的日料店，订好了位置。

不巧乔一柠喜欢的一位作家，临时改了签售会的时间，将周六的签售会改为周五晚上，也就是今晚。

决定去签售会，放路决鸽子的乔一柠语气不自觉软了很多。

“签售会是在东塔大厦吗？”不想，路决问了个问题。

乔一柠不明所以，“嗯”了一声。

“那我陪你去吧。”路决快速地说，“东塔大厦北面闹市那边，又发生了两起抢劫案。”说着，他声音沉了下来，“我担心你。”

乔一柠心怦怦跳，稀里糊涂地答应了。

东塔大厦三楼的一侧长廊贴着作家北淮的巨型海报，旁边的宣传展板上是关于新书的介绍。在它后面的工作人员，正往长桌和架上摆放新书。

签售会一贯的流程是，现场购买新书，得到一张号码牌，拿着号码牌去四楼书城外的长廊排队。

之后，众人再按照号码牌的顺序入场。

一来是为了避免出现踩踏拥堵的情况，二来是为了控制进场人数。

乔一柠之前没来过四楼的南天书城，不清楚它能容纳多少人，此刻她看着自己手里印着 856 的号码牌，非常担忧。

“你觉得，我们能进去里面吗？”乔一柠侧头问路决。

虽然排队也可以在签名的时候，见到北淮，但那样，她就只能站在门外听他的新书分享会了。乔一柠蔫了，要是她早一点发现签售会改时间的消息就好了。

方才进来时，路决仔细看了眼门口的大厦地图。

整个四楼的面积原本就不大，南天书城只占了四楼五分之一的面积，减去书架、阅读区、服务台那些所占的面积……内场分享会可容纳人数最多在 700 人以内。

路决垂下眼，有些犹豫。

甜甜的喜欢，
安排

乔一柠看他的表情就知道结果了：“你也觉得不能是不是？”

路决实在不想让对方失落：“或许有别的办法。”

乔一柠翻着北淮的新书，长叹一口气，过了会儿又自顾自地给自己打气：“没事，大不了下次我来早一点。”

过了会儿，她忍不住和路决小声吐槽：“听说内部工作人员能提前见到北淮呢。早知道我就自告奋勇帮北淮设计宣传海报了，你刚看见了吗？那宣传海报真是一般，要线条没线条，要色彩没色彩，配色普通，视觉效果等于零，过眼就忘，要是我……”

作为画手，乔一柠对色彩、图案比常人敏感一些。

路决虽然不太懂，但看她描绘“新海报”的样子，看得津津有味。

乔一柠前面的女生听到了她的一番设想，一脸兴奋地回头夸她有创意。

乔一柠一喜，立马握住对方的手，嘴里说着，英雄所见略同，大有要在现场桃园结义的意思。

路决第一次来参加签售会，他甚至连这场签售会的主角都不认识，就跟着一群人挤在长廊里排队。周边都是人声，杂乱扰人，放在以前，他绝对不可能站在这里，因为乔一柠，他的人生才有了这种可能。

乔一柠突然回头，眼睛亮晶晶地看他，额头还渗着细密的汗：“我真是个天才型选手！我现在恨不得就地作画，说不定这画作还能卖出不少钱呢！”

走廊的通风不好，人群又密集，散热便慢了些，路决往后退了退，给她留出更大的空间：“你试过画宣传海报吗？”

“没有。”乔一柠眼里的兴奋不减，“凡事都有第一次啊。而且，前几天我一位在电影制作组工作的学姐说，有一部国产动画电影，正在准备宣传海报，因为没有确定的画手，所以决定广开门路接受投稿，被选上的作品，直接就能成为大电影宣传时的海报。”

“那你去试试看。”路决鼓励她。

乔一柠的满腔热血，就差这一句了：“那我回去就准备！”

因着这件事，她连不能进场的难过都少了几分。

八点半，工作人员开始安排签售，快排到乔一柠时，路决先行走到书城门口等她。

乔一柠在人群中，像每一个追逐偶像步伐的粉丝一样，开心得像踩在云里，在即将见到北淮时，小声地惊呼，眼眶盈着热泪。

即便乔一柠与周边的所有人都一样，路决依旧能够一眼看到她。

他突然发现乔一柠这几年增长的好像只有学识和年龄，不然为什么他会在二十七岁的乔一柠身上，看见十七岁的乔一柠？

路决收回视线，目光在书城的 logo 上停了两秒，边掏手机边走到门外。

乔一柠拿到签名书出来，在旁边的奶茶店买了两杯柠檬水。店铺的人流多，排单慢，乔一柠拿到柠檬水时，签售会刚结束。

北淮返回后台的休息室，分享会现场只剩工作人员在收拾东西。

乔一柠咬着吸管，有些可惜地掂了掂手里的书：“我刚才太紧张了，话都忘记问了。”

路决拿了另一杯柠檬水，站在乔一柠身边，问：“问什么？”

“我以前给北淮的作品画过插画，想问他有没有印象……但他那部作品里的插图少说也有二十张，他应该不记得，这么一想，还好没问呢，不然多尴尬啊。”

乔一柠猛吸了一口柠檬水，既不好意思又失落：“我如果是那些大佬画师就好了，我的名字就是活招牌，那样他肯定一眼就能记住我。”

“没准，不是大佬也能被记住，”路决在书城侧边的一道门前停住，“你去问问不就知道了。”

乔一柠眨了眨眼，有些反应不过来：“怎么问啊？”

“从这儿进去，再右拐，等在那里的人会带你去北淮的休息室，但只有五分钟。”

“这家书城的老板是我的大学同学，我刚联系了他，他答应了。”路决替她推开门，声音在空旷的空间里带着隐隐回音，“我在这里等你。”

暗门在过道里，灯光有些暗，乔一柠却觉得眼睛像被灯刺了一样，一阵一阵地疼。她垂下眼，感觉胸口隐隐发烫，但到嘴的话还没来得及说，路决就握住她的肩膀将她推了进去。

“还剩四分二十三秒。”

乔一柠下意识地往前跑了两步，又跑回来狠狠抱住了路决。

路决愣住，下意识地说：“还剩四分十七秒。”

乔一柠没动。

路决摸她的脑袋："快去吧。"

不然一会儿就不放你去见别的男人了，路决在心里加了一句。

乔一柠笑着去拉他的手指，心里软软的："我一会儿就回来！"

路决从狭小的暗门看着她拐进角落，然后消失不见。

书城的老板是路决的大学同学，他们的关系算不上多好，所以路决方才专门去大学同学群里询问了他的联系方式。

大家对万年难得出现一回的路决感到惊奇，办事效率也随着好奇心成正比，不一会儿就帮路决拿到这位同学的联系方式。

在十五分钟之前。

书城老板在电话里惊讶地问："你竟然也有拜托别人的一天，对方到底是你的谁啊？"

路决抬起头，目光穿过人流落在乔一柠身上。乔一柠似是察觉到他的目光，转过头冲他笑了笑，无声地喊他再等一会儿。

路决冲她点头，对手机另一端的人说："是喜欢的人。"

北淮是一个很温柔的作家，即使乔一柠紧张得发颤，语言冗余杂乱，他也一直认真地听着，听她说曾为他画过插画时，还特地找出了那本书，在那幅插画上签了自己的名字，送给她。

乔一柠抱着书籍离开时，心跳声依旧热烈。她起初以为是因为见到北淮，

甜甜的喜欢，
安排

太过激动无法平静，但当她看见路决时，这种感觉却越演越烈。

路决正靠在先前那扇门对面的墙上，一只脚微微屈着，是一个很放松的状态。昏黄的光落在他身上，那光像日落时翻涌的潮汐，温柔又波光粼粼。

他听见声响，侧头望过来。

乔一柠的胸口宛若住了一只扑腾的幼鸟，心跳声像高频率振翅。

她想到出门时遇到的书城老板，对方用夸张的语气说，路决整个大学里，从来都不接受任何女生的示好和靠近，大家都以为他只会专注学术，不会有儿女情长，但没想到学神也有谈情说爱的一天。

路决的嘴唇一开一合，但乔一柠什么都没听到，她脑子里只剩一个念头。

她要吃爱情的苦了。

[05]

乔一柠最近和路决见面的次数很频繁，连平时粗心的乔父乔正严都察觉到异样。

在乔正严眼中，乔一柠就是个没长大的小孩儿。他担心自己的女儿被骗，又不好直接去跟她说，没事就给她分享一些关于“感情陷阱”的公众号文章。

“震惊！貌美女孩竟被如此对待……”

“爱情的陷阱，你知道几个……”

“整日待在你身边的男人，竟是这种人……”

去看电影的途中，站在扶手电梯上，乔一柠将这件事当趣事告诉路决。

路决愣了两秒，突然说：“你爸，可能是想见我了。”

她将聊天记录往上拉，乔正严分享的最后一篇文章的标题是：

“你一无所知的男人，父母一眼便看透……”

“我觉得你可能说对了。”乔一柠收起手机，“学神的脑子就是好。”

说完，她觉得有些别扭，思考了一下，却是因为原本站在她身旁的路决，不知何时后退一步站到她后面了。

乔一柠有些茫然：“你干吗？”

路决的左手落在扶手上，右手插着兜，稳稳挡住她。路决身材挺拔，即使站在下一层台阶，也比她高一些。

路决迟疑了会儿，才小声说：“你裙子短。”

电梯倾斜的角度有些大，如果穿着短裙又没有收紧裙角，落在身后的行人会下意识往上看……所以路决站在她身后是为了防止她暴露裙底。

乔一柠顿时一阵脸热，她粗心大意惯了，而且这条新裙子，还是她为了见路决特地去买的，压根儿没有注意到这个问题！

她面红耳赤地埋头往前走。

路决握着她的肩膀转了个弯：“你走错了。影城在这边。”

人有些多，乔一柠左闪右闪，在避开后面冲过来的女孩时，竟差点平地一摔，还好路决眼疾手快地扶住了她。

那个女孩就不太走运了，不仅摔了一跤，手里的可乐也被打翻了。

对方边道歉，边蹲下身收拾残局。

乔一柠从路决怀里起身，掏出包里的纸巾蹲下。

“不用了，我自己收拾就好了。”女孩红着脸摆手。

乔一柠对她笑了笑：“没事，两个人收拾快一点。”

纸张浸透了可乐，难免沾到手上，乔一柠将沾湿的左手举着，右手抽了一张新的纸，去擦最后一点可乐。

这时，路决倾身，抓住了她停在半空的左手。他拿着纸巾，仔细地将她手指上的可乐擦拭干净。

他的手有些凉，但乔一柠的手心热得发烫。

“怎么了？”路决迎上她的视线。

乔一柠低下头，将手里的废纸扔进可乐杯里。

“没事。”她说着没事，耳尖却悄悄红了。有一个小人正踩在她心上，露出一副被击中的模样。

果然，不自觉地撩拨，最是动人！

等乔一柠起身，路决没放开她的左手，而是手腕一转直接牵住了她。

他走得比方才慢，显然是委屈自己的大长腿，在等着她——

“跟着，别再摔了。”

乔一柠的那颗心又开始蹦蹦跳跳。

她手指微微用力地握住对方，偏开头，小声说：“你一直牵着就不会摔了。”

她今年二十七岁了，不再是青春懵懂的小女孩了，但她却像少年时第一次心悸一样，慌乱又无措。如果贺徊在这里，她会告诉他，她心里那头撞死的小鹿好像也起死回生了。

她没有路决那么深的爱，但她确实心动了。

路决忐忑又期待地看着她："你的意思是……"

乔一柠凑近他，小声说："你不是说想娶我吗？"

路决喉结一滚："是。"

"那我答应了。"

乔一柠一向遵从自己的内心，而且她也累了。如果结婚，父母不用再担心她，也不用在人前为难，耳边没了闲言碎语，有人会护着她，对方还很喜欢她。

关键是，她确实有点喜欢路决。

路决快速往前走了两步，又迅速返回，眼睛都是红的："你认真的吗？"

乔一柠眼尾一弯："你再多问几次，可能就不是了。"

她的本意是逗路决玩，但路决闻言当真了，一副想确定又不敢再开口的模样。

周边都是人流，他们挤在中间，掌心贴着掌心，温度氤氲出一场隐秘。

路决张了张嘴，终于下定决心："那我不问了，你和我结婚。"

[06]

说到结婚，两个人连电影也不看了。两个人傻傻的，站在人群中间，你看看我，我看看你，如此看了好半天。

为了缓解气氛，乔一柠嘴快地说："如果结婚以后，他做出对不起她的事情怎么办？"

路决坚决地回："不会。"

乔一柠不知道为什么，小嘴叭叭："成年人的话水分最大了，你现在说喜欢我，可能以后也会喜欢别人，你得拿出点实际的东西赔偿我。"

路决严肃地问："那你喜欢什么？"

话赶话，到这份儿上了，乔一柠也不扭捏了："钱。"

然后，路决就让人拟了一份协议。

一天后，这份协议摆在了乔一柠面前。

其中一条写着"出轨多情，净身出户"。在它下方是一系列带着路决名字的详细财产，白底黑字，写得清清楚楚、明明白白。如果路决日后做了对不起她的事情，他就将他名下所有的基金、股份、不动产以及存款，都送给她。

并且，为了表明自己的态度，路决已经签好了，才郑重其事地将协议带给她。

见乔一柠一脸诧异的样子，他又体贴地提出先告辞，给她留了充分的思考时间。

看完协议，乔一柠给他发短信。

一颗柠檬：协议上面怎么没将我的财产情况写进去，你是不是看不起我的存款?

路决回复得很快：“我不可能让你身无分文。”

乔一柠心里一阵感动，转瞬又明白过来……路决还是觉得她的存款不值一提。

她强颜欢笑，默默地流下穷苦人民的泪水。

协议签订之后，路决又着手安排了两家人见面。

乔一柠的外公吴止对乔一柠即将闪婚一事意见很大，怒气冲冲地从显仰一路杀到约定的酒店，推开门的瞬间却略过乔一柠，与失联多年的昔日战友路蒋易，大眼瞪小眼。

饭后，路蒋易还拉着吴止依依不舍说话。

乔一柠借口出去拿果盘，拉着路决盘问。

“这事你真不知道？”乔一柠目瞪口呆，这事情也太凑巧了，“我外公跟你爷爷竟然曾经是同寝的战友？”

路决毫不犹豫地就否认了。

虽然他知道路蒋易年轻时当过兵，但在家里很少听路蒋易提起过兵营里的日子，自然也不会知晓他同寝的人有谁。

“这也太巧了，我们跟天造地设……”乔一柠话音戛然而止，抬头见路决目光直直地落在她身上，像是有话要说。

他们站在长廊上，头顶有细碎的暖光落下来，路决平日里清冷的眉眼都被笼了一层暖意，像氤氲了一层看不见的雾气。

路决的声音便也像那雾气一样，又轻又软："爷爷刚才说，领证那天让你顺便搬过来。"

"嗯，我听到了。"乔一柠一下子就被他的话带偏了，立刻想到自己房间里的那些画具、画册，真情实感地犯愁，"搬倒是没什么，但我那些乱七八糟的东西挺多的……"

路决立马道："我们住雨观街的那栋复式公寓，我提前让人在那给你空出了一间画室。"

画室?

乔一柠眼睛亮闪闪，她能拥有独立的画室？路家果然财大气粗!

"你说真的？"

"真的。"路决眼里也盈满了笑。

乔一柠兴奋地碎碎念着要怎么安排家里的那一堆东西，路决动了动微微俯身，影子压在她身上，她困惑地抬头看向他。

路决拿手指蹭掉她脸上的蛋糕碎屑，目光沉沉，声音却软如棉絮——

"等一切都处理好了，我就去接你回家。"

第三章

越是了解，越是喜欢

[01]

雨观街的那栋复式公寓面朝苏邻市的见河，毗邻百花园，临近西行大学，据说是路蒋易在路决十八岁时送他的生日礼物。

乔一柠就读于西行大学，自然清楚学校对面繁华富贵的高楼的房价。毕竟她念书那会儿一套房就已经被炒至六七百万了，现在的价格估计更上一层。

路家的路纤传媒，拥有全省公交地铁全覆盖的户外数字移动电视广告联播网，公司总部在苏邻市中心，现任董事长是路决的爸爸路建廷，二把手是路决的哥哥路昀。

路决呢？

路决去当了一名大学老师，而且是放弃多家上市公司和多所研究所的邀请，自己去西行理工大学应聘的。

搬过来的第一天，老实说，两个人都有点不自在，但都尽量假装自己没有不自在。于是一个假装看书，一个把行李一放，打算休息休息再收拾，开始聊天。

两人聊着聊着，就说到这个事情了。

乔一柠还以为自己听错了。

路决端坐在米白色沙发上，翻着《软件开发的科学与艺术》。乔一柠光是看着这个书名就觉得头疼，索性将目光落在路决脸上。

路决蹭着纸张翻了页，有些好笑地看她："你没听错，是大学老师。"

"那也太可惜了，虽然西行大学也不错，但还是觉得很委屈你啊。"乔一柠盘腿坐在另一边的沙发上，支着下巴想了想，"难道，你的梦想是当大学老师？"

路决目光一顿："只是对教师这个职业有些好奇，就去试试了。"

乔一柠更好奇了："你没有梦想吗？就没有什么特别想做的事情吗？"

路决沉默了，他突然发现他还真的没有"梦想"。

考试、参加竞赛、学习技能、专研学术，每一个环节都是随性的，并不是为了最终的某个目的。

"一定要有梦想吗？"

乔一柠酸了。

路决连个梦想都没有，就成了她梦想中的样子，女娲娘娘捏他的时候，肯定是给他加金手指了！

手机闹钟响了，路决合上书，按掉闹钟。绕到沙发后面时踢到了乔一柠的鞋子，他俯身拿起鞋子放在乔一柠脚下。

"别光脚。"

乔一柠穿好鞋，还是觉得有些可惜。如果她，才高八斗，智商超群，她一定不甘心只当一名大学老师。

"你明明可以往更高的地方走的。"乔一柠右手握拳，击打在左手手心里，颇有恨铁不成钢的意味。

乔一柠皱着眉惋惜的模样太认真了。

"对一个人来说，什么是更高更好的高度，应该由这个人来决定，而不是其他人的看法决定。我觉得现在这样很好。"路决说，"我不想只待在一个领域里。"

他的声音平静，在陈述一件很普通的事情，但在这句话背后，他放弃的是有些人一辈子都不敢奢望的前途。

以前乔一柠只是单纯地觉得路决颖悟绝伦、博学多才，这一刻她才真正感受到学神的魅力。这句话要是换作别人说，她只会觉得对方做作，但说这话的人是路决，她只想说——真帅啊！

乔一柠拿了一块薯片，狠狠地咬碎了，暗道，学神嚣张起来也这么帅，还有没有天理了！

路决不知道她心中所想，往楼梯的方向走了两步，犹豫两秒后又返回：“薯片含铝过量，要少吃，不然容易记忆力减退。”

乔一柠看了看手边的薯片，又看了看路决，坚定道：“我吃最后一块！”

路决嘴角一勾，没拆穿她，又提醒了一遍让她收拾行李箱的衣服才走回房间。

早前，路昀死乞白赖，非要拉路决“入驻”公司建立的信息研发工作室，美其名曰让路决为“家”做贡献。虽然，路决不喜欢参与公司的管理，但信息软件的研发是他的强项，也是他的兴趣所在，他推托不下便答应了。路昀一喜，连忙将工作室其余成员的资料发给他，还给他安排了一位男助理，林至。

路决没有午睡的习惯，他打开电脑将邮箱里的信件回复完毕，才看起路昀发给他的研发工作室的成员资料。

正午阳光炙热，透过落地窗细细碎碎地铺在铅灰色的地面上，他起身将窗帘从挂钩处取出，伸手往左一拉遮住了一半的玻璃窗，手心里抓住的窗帘是暗绿色的布料，上面带着白色花纹。

这窗帘真的很难看吗？为什么乔一柠一进门看见它就叹气？花纹干净，边角整齐，遮光隔热，不是挺好的吗？

路决拇指和食指捏着窗帘布料轻轻一搓，所以她到底喜欢什么样的窗帘？

以往计算公式，编写程序时，他都没这么苦恼过。

恰在这时，路昀安排的助理林至给他来了电话，询问他是否要到工作室一趟，并补充说，工作室的其余成员都在等着了。

路决答应，收拾东西准备下楼时突然想起什么，从一旁的矮柜里提了个袋子出来。

房子是中空设计，路决从房间走出来站在二楼栏杆前，低头就能看到乔一柠摆弄扫地机器人的身影。

听到动静，乔一柠转过身趴在沙发上，问：“你要出去啊？”

路决不太习惯有人这么问，愣了一会儿：“嗯，去一趟公司。”

乔一柠双手交叠压在沙发顶上，下巴有一下没一下地往手背上磕：“那你晚上还回来吗？”

路决心里倏忽一软：“回。”

他忽然想起，温瑞康先前发给他的《新婚指南》里的一段话，当即学着书中男主人公的口吻，问：“要买菜吗？”

乔一柠掏出手机翻了翻，意有所指：“没事，我自己去买，你不说我还忘了，我买的食谱到了，一会儿得下去拿。不过我的手艺非常一般，你……”

路决立马表明立场：“能吃就行。”

乔一柠露出一脸“孺子可教”的表情。

路决往门边走了两步，稍有犹豫，转头道：“我走了。”

甜甜的喜欢，
安排

乔一柠没发现他的不自然，挥了挥手："好，早点回家。"

早点回家。

早点，回家。

路决在心里将这四个字反复念了几遍，心口的火像被一阵风吹起，循着四肢百骸烧了起来。

没想到那本胡说八道的《新婚指南》还真有点用。

[02]

夜间九点，乔一柠拉开露台门就被凉风吹得原地一抖，她直接打消了出去看夜景的念头，关上露台门，回到客厅的沙发上。

电话那端的钟怡遥狐疑地问："你那儿磕磕碰碰的干吗呢？"

乔一柠按了扬声器将手机放在桌上，将桌子底下的矮凳拉出来，掀开盖子从里面拿了一包薯片。

"路决不让吃薯片，我就将薯片藏在收纳凳里。"乔一柠将薯片咬得脆响，声音含混不清，"这凳子挺好，能坐，底下还能放东西，它以后就是我的宝库了！"

尽管乔一柠告诉钟怡遥时，她已经震惊尖叫过，但现在听到对方这么自然地提起路决，钟怡遥还是有些心惊。

"我就被报社派出来出差这么一段时间，你竟然和学神领证了？而且学神还喜欢你？你是不是前世在佛前苦苦求了五百年，佛祖念你心诚才成全你啊。”

乔一柠失笑，但咀嚼的动作明显慢了下来，问题一个接一个地抛出去：“话说回来，你对路决的了解有多少？高中时我跟他有什么交集？他怎么会喜欢我呢？他该不会是想骗婚吧？”

“骗婚拿财产骗吗？那我乐意至极，我躺平，毫不反抗！”钟怡遥笑了一阵，过了会儿才说，“我其实也不太记得，毕竟人家学习这么好，性子又冷，平时也搭不上话，而且文理科虽然不算泾渭分明，但分在两栋楼，中间隔着一个小花园呢，除非……”

“除非什么？”

“晨会，课间操，校运会、文艺会演、朗诵比赛等这种全体活动，碰上的概率会高一些……我突然想起一件事！”钟怡遥的音调猛地一提，“你高二那会儿是不是参加过一场朗诵比赛？就是你发着烧上台，还晕倒在后台被锁在小礼堂那次！”

乔一柠歪着脑袋想了想，确实有些印象。

但那一次比赛她挺丢人，发烧忘词，磕磕巴巴念完，就引起台下一阵哄笑。回到后台，她心情更是一落千丈，恨不得敲晕了自己，结果还真的晕了……

现下，她是完全想不起那件事的细节了。

而且，她一直怀疑，就是那一场高烧，才令她的学习成绩一直不上不下。

“是有这回事，但与路决有什么关系？”

甜甜的喜欢，
安排

“那次你晕了，和陆宴一起被锁，就是路决拿钥匙来给你们开门的……其实我想说的不是这个，我就是突然想起来，有点想笑，那可是我们宝贝情窦初开的时候啊。”

乔一柠笑骂一句：“滚！踹你啊！”

钟怡遥仗着乔一柠踹不到她，又道：“你出来的时候紧抓着陆宴不放，还说他救了你，你要以身相许，乐死我们了。我还记得，陆宴的脸红得跟番茄似的……哎，陆宴出国后，你有没有跟他联系啊？”

乔一柠脸上有些热。

她烧得不轻说胡话，不过从她烧晕到醒过来，一片黑里，是陆宴一直跟她说话，才让她没有那么害怕。陆宴毕业之后就出国了，这么多年她早就将那点心悸忘得一干二净。

她“啧”了一声：“没有，都过去那么多年了，能不能不提了？我现在可是已婚人士，你对我放尊重一点啊，钟女士。”

“行行行，你结婚，你厉害！”钟怡遥连连应声，却没停下笑声。

恼羞成怒之下，乔一柠直接将电话挂了。

偌大的房子，少了钟怡遥插科打诨的声音一下子变得寂静无声。乔一柠打开电视，随手按了动画频道，听到奶声奶气的童音，她才稍感安心。

沙发边的小书架上放着路决的书，一众与信息软件相关的书籍中夹杂着几本外文小说，乔一柠从上往下地扫了一遍，扪心自问，这是人看的东西？

这不是，这是学神看的东西，学神是神。

最后，她认命地拿起下午自己刚放进去的食谱。

低调领证，省略酒席和婚礼的意见是乔一柠提的，路决也没有异议，但乔一柠还是觉得领证当天需要一些仪式感。她原本准备现学一桌好菜与路决共进晚餐，没想到本来要回来的路决临时被朋友拉去参加生日会。

乔一柠怕路决觉得为难，主动开口赶他过去，可路决真的不在，独留她一人，她又害怕得心里发毛。

看了会儿食谱，她抖了抖肩膀，将四周的灯全打开，又将电视声音调高。过了一会儿，感觉不知道自己要做什么的她，上了楼。

路决确实体贴，特地让人打扫了两间房间。乔一柠觉得，也可以不用这么体贴，但这话说出来太奇怪了，好像她迫不及待想跟他睡同一张床似的，因此，她什么都没说。

一进房门，乔一柠就看到了红木方桌上放着一个宝蓝色小盒子和一张银行卡。银行卡上贴了一张便笺，写着银行卡的密码。

她看了看盒子，又低头看了看左手的无名指，直接将两件东西往抽屉里一放。她一向不喜欢在手上戴东西，总觉得别扭。关于婚戒，她跟路决商量好了，她就不戴了。

去洗澡吧。

乔一柠拉开衣橱，目光一下子呆滞了，内心闪过了一堆咒骂……

只见黑色物体头顶的触角动了动，往前一蹿。

乔一柠头皮发麻，呼吸停滞，跳上床拿着手机扬声尖叫着往外冲。

甜甜的喜欢，
安排

"啊——"

酒吧大厅一侧的角落里的卡座，位置宽敞，视野好，路决被众人闹哄哄地推挤到正中间与寿星方制兼一块坐着。方制兼实在是太吵了，路决只觉得耳边一直嗡嗡嗡，跟驻扎了一群蜜蜂似的。

作为路决的大学同学，方制兼自然知道他的性子，他们平时不好糊弄路决，趁着自己生日的时候闹他，他当然不反对。毕竟难得看到这样的路决，让坐哪儿就坐哪儿，让喝酒就喝酒，让唱歌……

"你醉了。"路决目光冰冷地望着他。

方制兼那句"就唱歌"顿时哑了，他缩了缩肩膀。

但酒精上头，他胆子也壮大了。等了一会儿见路决没生气的意思，他伸手揽过路决的肩膀："路哥，不唱歌也行，但今天我生日，你就不表示表示？"

在座的人，有两三个是方制兼带过来的同事，其他人都是二人的好友，方才默不作声，但都竖着耳朵听，这会儿纷纷起哄。

路决一顿，松了口："什么表示？"

方制兼内心欣喜若狂，脸上的表情却很克制。他往舞池旁热舞的黑衣服女生一指："哥，你上去跟她跳一段，动作不要求，但要贴身！"

众人连忙应和，还说哪怕贴身两三秒都行，他们就想看路决放浪的一面。

路决一口否决：“这个不行，你嫂子会生气。”

“哎，怕什么啊！出来玩嘛就是要……”方制兼举着酒杯的手一抖，茫然地问，“谁？”

众人皆愣住。

恰好碰上酒吧里的歌曲停了，架子鼓的鼓点“咚咚咚”地响起，DJ 正在说话，比起方才四周顿时安静不少。

刚回完短信的温瑞康兴奋地起身：“这题我会！我们路哥今天领证了！”

“什么？”

路决接收到众人询问的目光，自觉地往自己的杯中倒满了酒，冲他们微微示意。

“抱歉，没有摆酒请客就没说，她胆子小，下次再带她见你们。”

路决仰头喝完，扣杯。

大家才反应过来，路决都开口了，肯定就是真的！

他们嗷嗷叫嚷，要看照片，要听故事。

温瑞康在一旁乐得不行。

路决笑了一声，刚想说话，就察觉到口袋里的手机在振动。

他掏出手机看了眼，一边准备去安静的卫生间说话，一边按下接听键。

下一秒，乔一柠的声音轰然炸响在他耳边。

“路决，你什么时候回来啊！我的天啊！我要被吓哭了！”

路决脚步一顿，没顾上往卫生间走，忙问："发生什么事了？"

"有蟑螂！很大个儿！它还会飞！在我房间的衣橱里！太恐怖了！你快回来打死它！"

乔一柠的声音一抖一抖，说话语无伦次，很是恐慌的样子。

路决皱着眉："你走远一点，别动手，我现在回去。"

他的表情实在称不上好看。

众人互看了两眼，都有了几分担忧，纷纷放下酒杯，一副准备跟着路决离开的架势。

温瑞康最先问："怎么了？出事了？"

方制兼站起身："很严重吗？要不要帮忙？"

路决挂了电话，直接探身拿过一旁的外套："帮忙就不用了，但我要先回去，下次再喝。"

"跟我们就不用客气了。"方制兼见他这么着急，心都提到嗓子眼了，"路哥……有事你就说。"

路决后知后觉才察觉到什么，目光扫过眼前随时准备干架的众人："你们在想什么？我就是要回家打蟑螂。"

众人："……"

干吗啊？

那你刚才那么着急干吗啊？

[03]

路决按下密码，推开门之后却没有直接走进去。他视线落在餐厅一角，足足一米四高的柜子旁的粉色拖鞋上，顺着柜门往上看，正好看见抱着抱枕缩在高柜上的乔一柠。他脚下一顿，走进去将门带上。

听见声响，乔一柠连忙转过头，看清是路决后立马伸手往电视机角落一指：“那里也有一只，刚才跑出来了！”

她到底怎么上去的?

他走上前：“太危险了，下来。”

乔一柠探出一只脚，转瞬又缩了回来，可怜兮兮地说：“太高了。”

路决失笑，忍不住问：“你到底怎么上去的？”

“这是人在恐惧下被激发的潜能。”乔一柠往沙发上一指，“它跑出来的时候，我就从那里蹦上来了，你现在让我重来一遍，我就不行了。”

路决将手中的外套挂在架上，冲她伸出手：“手给我。”

乔一柠乖乖地将手伸了过去，路决把她的手搭在自己肩膀上，抱住了她的腰将她从高处抱了下来。

等乔一柠在地上站稳，路决松开她，进厨房拿了两个口罩，拆了其中一个递给她。

乔一柠将口罩戴上，还殷勤地拿过了一旁的拖鞋递过去：“你需要工具吗？”

路决看了看乔一柠手上的拖鞋，欲言又止，最后走到客厅的柜子里拿

甜甜的喜欢.
安排

了一瓶杀虫剂："不用，你把鞋穿上。"

几分钟之后，路决淡定地拿纸巾包好蟑螂的尸体，扔到露台的垃圾桶里，全程没有表现出半点害怕，动作机械得像在做一道数学题。

乔一柠发出灵魂般的拷问："路老师，你有害怕的东西吗？"

路决背对着她回答："暂时没有。"

乔一柠感觉到挫败，她感觉自己正在日渐挖掘到路决更多的优点，而路决则日渐挖掘到她更多的缺点，路决的缺点千里难寻，她的缺点跟电线杆上的小广告似的，遍地都是。

妈妈，我不想活了。

路决回头，就见乔一柠一脸沮丧地倒在沙发上，假模假样地用拇指按压着自己的人中。

"你在做什么？"

"自我抢救。"乔一柠抬头看他，又哀号着倒回去，"你太优秀了，你不懂。"

路决："……"

乔一柠跟着路决上二楼房间，心里既害怕又忍不住上前。谁知道衣橱的蟑螂突然飞了出来，她瞬间鸡皮疙瘩炸起，像只树袋熊一样扑到路决身上大叫。

"啊啊啊，那里！那里！我看到了！飞了！飞了！你快打死它啊！"

没被蟑螂吓到，倒被乔一柠这动作惹得心里一窒，路决反手将她抱住，忍不住低声笑了。

乔一柠的手臂压在他的脖子上，感受到路决的喉结微微颤动，原本还有点不好意思，这会儿她不动了，抱住路决的力度像溺水之人抱住一根浮木。

路决抬手喷完杀虫剂，背着乔一柠走出房间。

一路上，路决都忍不住笑。

乔一柠被笑得脸越来越烫，实在扛不住，从他身上下来，忍着狂跳的心，欲盖弥彰地瞪着他：“再笑咬你了！”

路决不笑了，但眼底的笑意正浓。

感受着杀虫剂的味道，又过于窘迫，乔一柠拉着路决去小区楼下散步。

走着走着，他们就进了小区楼下的超市。

旁边推着推车的情侣在货架上挑选酱油，女生精打细算地分析了一通，最后在男生赞赏的目光下，拿了一瓶全场最实惠的酱油。

乔一柠全程看在眼里，心生一计，转头问路决。

“家里要买酱油吗？”

“你上次买的两瓶还没拆。”

原本想要体现自己“勤俭持家”一面的乔一柠，笑不出来了。

失算了。

路决看她的目光一直落在货架上，话锋一转：“你想买也行。”

“不！怎么能随便浪费钱呢。”乔一柠总算抓住机会，体现自己会过日子的一面了，义正词严的话随口就来，“每一分钱都要花在刀刃上，每一次购物都要经过准确的计算，人的欲望是无穷的，但金钱的数额是有限的……”

最后，她什么也没买就跟路决走出了超市。买零食的冲动，硬是被自己的一番豪言壮语扼杀了。

晚风吹动树梢发出轻微的声响，一群玩滑轮的小孩儿，滑轮上旋转的彩灯在快速移动中像一条条彩绸飘过。

乔一柠拉着路决的手往回走，走了几步就蹲下不走了，哀哀戚戚地说自己腿疼。

路决只好蹲下来背她。

再一次靠在路决宽厚的肩上，乔一柠一时兴起，先用指尖挠了挠路决的下巴。路决往旁边偏了偏头，喊她别闹。

别闹？不可能的。乔一柠作势要去摸路决的脸，见路决一动不动任她摸的样子，她踟蹰了半天，快快地收手了。

不远处的荷花池飘来听不真切的蛙鸣声，夜幕上的云层很厚，月光高挂枝头，他们踩着月光，缓缓前行。这条路很短，来回不过十分钟，但这条路又好像很漫长，他们靠在一块，像走不到尽头。

乔一柠凑到他耳边小声说：“中秋节那天，我们一起出来看月亮吧。”

路决的视线落在正前方，声音灌进风里，温柔得像是情人间的私语。

“只要你想，每一天都可以。”

[04]

被甜言蜜语冲昏了头的乔一柠躺在床上，就清醒了。

因为她总感觉四周有蟑螂爬动的声音，疑神疑鬼，睡不着，思来想去，她豁出去了，抱着被子跑到路决房间，拜托拜托求收留。

路决的床很大，比普通的双人床还大一些。路决安排得很妥当，两人一人一边，中间放乔一柠的鳄鱼公仔。

如是，乔一柠在路决的卧室安了家。

只是，一方面吧，乔一柠恨路决就是根木头；另一方面，尽管她不怕蟑螂来袭了，但路决不像她，睡觉一定要留小夜灯，灯一关，乌漆墨黑的，她害怕。

她想着，都已经打扰路决了，这根木头不开窍，她也不好说自己怕黑，熬着熬着不就习惯了吗……

还没等她习惯黑暗，路决就先发现了她不对。

当晚，路决就从书房的收纳箱里拿了一盏菱形小灯过来。

放好灯，路决随手打了个响指，半透明的内壁里便逐渐亮起一盏灯，呈火苗状，顶端还微微晃动。

乔一柠惊奇：“你这个东西哪儿买的，还挺有趣。”

“自己做的。”路决补充一句，“高中时做的。”

高中的时候她连书都读不明白，路决却已经在开发副业了！难怪高中

甜甜的喜欢，
安排

老师常说，别把自己跟学霸做比较，要跟自己比。现在乔一柠顿悟了，因为学霸的优秀学渣根本比不了。

“高中那会儿就能做了？你才多大啊。”

“高三，十八岁，学校里举行科技小发明。”

“这么大的事应该传遍了才对，我怎么会不记得呢……”学渣乔一柠思考着思考着，就咸鱼躺上床了。

路决翻身上床，掠过中间的公仔看向乔一柠。

她的睫毛很长，眼中落着晃荡的暖光。

他突然想起那年比赛的带队老师问他，为什么光影的形状是烛火不是月亮，月亮的寓意不是更大一些吗？

当时的他没有想太多，但好像现在有了答案。

月光无私，强大，它能照亮所有人的归途。

但他只做万家灯火中的一盏灯，无论人来不来，他只亮一盏灯。

乔一柠似有所觉，扭头，正好迎上路决的视线。

在慌乱情况下，路决就会下意识地转移话题。他视线下移，目光在小鳄鱼上绕了两圈：“你喜欢抱着东西睡？”

这鳄鱼是吴芝繁给她买的，起因是她有一次做噩梦，硬要抱着吴芝繁睡，吴芝繁烦得不行，隔天就给她买了这个抱枕。前几天她老老实实的，没抱着睡，特别不习惯。

现在有了小夜灯，今晚就安排它侍寝了。

不过，听路决这么一问，乔一柠心想，不抱着它，那我就只能抱你了。

但她嘴上可不敢这么说，只能换了一个冠冕堂皇的理由：“抱着我有安全感。”

“给你介绍一下，”乔一柠拍了拍公仔的头，“它叫‘大胖’，是我儿子。”

路决沉默。

乔一柠忍不住逗他：“你不跟它打声招呼吗？”

路决没作声，乔一柠也不在意，自顾自地摸了摸“大胖”的头：“哎，儿子，没关系，有些人就是这样，不太好接触，等你们熟悉了一些可能就好了。”

乔一柠兀自碎碎念，刚想收回手就感觉“大胖”搭在枕头上的爪子被轻轻拍了两下。

路决为了证明自己很好接触，还刻意放慢了速度。

“‘大胖’你好，我是你爸爸。”

乔一柠：“……”

行吧。

你来我往的，打了好几个嘴仗。

乔一柠有了困意，匆匆道了一声晚安便闭上眼。

房间的暖灯像日落时翻涌的浪潮，窗缝吹进来的晚风卷起窗帘的一角，路决听了一会儿耳边传来的平静的呼吸声，轻轻地侧过身子，面对乔一柠。

乔一柠抱着公仔，脑袋压在枕头边沿。突然，她似是无意识地翻了个身，眼见脑袋要从枕头上掉下来，路决立马伸手撑住了她的脑袋，将枕头重新

甜甜的喜欢，
安排

拉到她头下才收回手。

乔一柠蹭了蹭被子，呼吸声均匀又平缓，像一只柔软的小动物。

路决小心地凑过去，像前几天一样将吻落在她的额头上。

乔一柠放在被子里的手瞬间握紧，等对方移开之后才将憋着的那口气缓缓吐出。

这人，也不完全是木头嘛。

[05]

隔天，乔一柠是在路决怀里醒来的，原本在她怀里的公仔不知所终，她的被子卷成一团被挤在床脚。她不知何时爬进了路决的被子里，还抱上了对方的手臂。

乔一柠掀开眼皮，便看见路决微微歪在一边的睡衣领口。路决将滑落在她肩膀下的被子扯了扯，重新给她盖上。

因为刚醒过来，乔一柠的声音有些有气无力："我抢你被子了？"

"嗯，抢了。"

路决等着看她会做何反应，就见乔一柠原本支棱起来的眼皮又重新垂了下去，声音又低又软。

"哦，抢就抢了吧。"

路决失笑，这会儿时间还早，他便没再吵对方，打算先起床去买早餐。

乔一柠似有所觉，翻了个身将头藏进被窝里，声音嘟嘟囔囔地传出来：

“我想吃油条……”

路决下床，嘴里提醒道：“好，但你只能再睡二十分钟，过了你就该迟到了。”

乔一柠今早有讨论会。八点半之前得到场，这是乔一柠昨晚聊天时告诉路决的，千叮咛万嘱咐，让他一定要叫她起床。

乔一柠的应答听不真切，路决也没在意，临走前还将拉开的窗帘拉了回去。

一边催她不能赖床，一边又怕她睡得不够好。

真的是矛盾哦，路决大学神。

乔一柠还是起晚了，一口气将牛奶喝光，嘴里咬着一块吐司就准备拿包包下楼，出门前被路决伸手拦住了。

路决今天没有课，工作室也不忙，便开车送她过去。

事与愿违，路上堵车了，等交警疏通好车流，距离会议开始只剩五分钟。乔一柠打电话给组长请假，幸好今早的会议只是讨论之前提过的方案，组长大手一挥，让她今天回去休息。

乔一柠的愁容瞬间一消，生龙活虎地喊着要重新吃早餐。

“你想吃什么？”路决转着方向盘拐进大道。

乔一柠脑袋里的菜单转了好几圈，最后才敲定吃老街的灌汤包。

老街在西城，全是老建筑，小巷弄堂居多，道路窄，拐角多，视线盲区多，

甜甜的喜欢，
安排

车也少，而巷子里，藏了许多的小吃店铺。

他们将车停在稍显宽阔的广场树下，边聊天边往巷子里走。灌汤包小铺门前排着队，路决让乔一柠坐在外面的座位上等他，自己去交钱领号码牌。

等他买完，乔一柠却不在原地了。

路决心里猛地一跳，从人群中走出来，还差点撞到人。他知道乔一柠这么大了，应该不会出事，再说她喜欢到处逛也不是一天两天了。但他一边说服自己，一边却忍不住想到可怕的事情。

他正往巷口跑，听到左边传来了熟悉的声音。乔一柠站在路中间，在和一个高大的男人说话。

路决刚松口气，就见那男人凶神恶煞地抬起了手。

乔一柠瞪大眼，但没避开。男人扫了眼围过来的居民，本着要跑的心思边放下手，边虚张声势地吼了一声。

乔一柠本能地往后退了一步，肩膀却撞上了人。

路决揽住她的肩膀，目光盯着对面的花臂男人："怎么回事？"

方才路决没在，乔一柠还能佯装无畏地拦住人，现在路决在，她就真的无所畏惧了，连声音都提高了不少。

"他撞了这位爷爷，想要肇事潜逃，我拦住他，他还想打我！"

倒在地上的老人家腿上还流着血，旁边帮忙止血的人，气愤地搭腔了一句："这边不让开车进来，眼瞎吗？"

男人瞬间怒了，指着行车记录仪："你瞎说什么！明明是他碰瓷！那都录着呢！你们肯定是他的同伙，合起伙来想要讹我的钱！”

乔一柠的脾气也上来了，仗着路决在场恨不得上前指着他的鼻子骂：“我刚都看着呢！你还想抵赖？你要是真的清白，那为什么我说要报警的时候，你却急着要逃？”

扶着受伤爷爷的居民们顿时附和，纷纷指责他良心尽失。舆论一边倒，远处的居民也探头看过来，男人见走不掉，气得挥起手，就想打乔一柠。

路决抓住这人的手腕狠狠往下一压，声音冰冷：“有话好好说……”

对方被压着肩膀，嘴里哀哀叫唤着却还念着还手。

路决不耐烦地皱起眉，扭过他的手臂，将他压在车窗上。

男人吃痛地高声求饶。

路决慢悠悠地接了后半句：“……别动手。”

乔一柠看傻了眼，路决回头喊她报警，她才急急忙忙掏出手机打电话。

去派出所的路上，她终于能够理解贺徊说“三拳两脚”时，为什么是咬着后槽牙说的。

路老师，这是文武双全啊……

在派出所做完笔录出来，他们正巧碰到爷爷的家人。他们拉着乔一柠，一个劲地道谢，硬是要请她去家里吃饭。

乔一柠红着脸摇头，来回都是那一句“我应该做的”。

路决很矛盾。

她明明是一个看见蟑螂就只会吓得尖叫的人，面对高她一个头的恶人时，却能挺身而出，明明害怕得想哭，却硬是握紧拳头上前。

从理性角度出发，乔一柠的见义勇为，既不理智又冲动，解决办法也太直接粗暴。为了保全别人而使自己受伤，在路决看来，这是一件得不偿失的事情。但他的潜意识又告诉他，他不应该拿自己的想法去训诫她。

所以，他一路沉默。

乔一柠大概也是怕他生气，软声软语地解释，连自己的大学老师都搬出来救驾了。

“我们新闻学概论老师给我们上的第一课就是，要勇于报道真相。她说，能出声的时候要出声，能站出来的时候要站出来，我们应该站在社会的角度看问题，萤火也有萤火的力量。可惜我后来走了画画这条路，不能为社会点灯添彩。”说着，她垂下眼，是真真切切地为此感到失落。

现在，路决望着被包围夸赞的乔一柠，心里一片翻江倒海。

社会如果是一片夜幕，那在她决定发声的那一刻，她就已经为它亮起灯火了。

她的力量很小，但她永远不会吝啬自己的力量。

这就是他喜欢的人。

他越是了解她，就越是喜欢她。

下午，独自在家的乔一柠接到了贺徊的电话。

贺徊去找乔一柠，被吴芝繁拿扫帚赶了出来，于是他赶紧打给乔一柠，一边嗷嗷呜呜地一边喊“别打”，一边让乔一柠赶紧解释。

乔一柠笑得直不起腰，挂了电话就往家里赶。

毕竟，事情三言两语解释不清。

贺徊以为乔一柠和家人解释清楚了，才独身提着大包小包的礼物，大大方方地按了乔家的门铃。没想到未见其人，扫帚就拍上了他的腿。

乔一柠到家看见他，依旧笑得停不下来。

经过一番解释，虽然吴芝繁和乔正严觉得荒谬，但毕竟贺徊和乔一柠都分别结婚了，他们不好再拿这事训她，不轻不重地说了几句就进房间了。

乔一柠给贺徊倒了果汁，坐在一边听他讲蜜月遇到的趣事。

只是不知道怎的，她心里隐隐有些不安，总觉得自己好像忘记了什么事情。

这时，路决来电。

“我刚从公司回来到家了，你怎么没在家？”听起来像是质问，但语气很轻，有点可怜兮兮。

乔一柠忙不迭地喊他过来。

很快，路决来了。

一进门，他的视线就直直落在贺徊身上。贺徊莫名背脊一凉，站起身。路决冲他点头算是打了招呼，便进厨房去洗手了。

贺徊一脸劫后余生，他凑近乔一柠小声说：“我刚以为他要打我，毕竟他也不是没打过。”

“我懂。我今天看到他动手了。”乔一柠拍了拍他的肩膀，以示安慰。

贺徊立马告状：“是不是很凶残？”

乔一柠看着厨房半透明玻璃映出的路决的背影，摇了摇头：“不，超帅。”说完，她丢下贺徊，走去厨房。

路决洗手特别细致，每回都是七步洗手法。他手指细长，在冷白的水冲刷下，有种别样的美感，但怎么好看也不能洗这么长时间啊。

乔一柠皱眉将水龙头关了。

正值初春，天气还有些凉，洗了凉水的指尖微微泛着红。乔一柠拿过一旁的干毛巾，替路决擦手。

“你到底碰什么了，得洗这么久？”

乔一柠拿起他的手看了看，也没看见污垢呀。

路决任她擦手，晦涩不明地说：“我看你们凑在一块说话，怕出去不太方便。”

“为什么会不方便？”乔一柠将毛巾重新挂起来，“我俩又没有在说什么秘密。”

路决垂下眼：“谁知道呢？”

乔一柠这才听出点话外之音，她从果盘里拿了一瓣剥好的橘子扔进嘴里：“啧，真甜。”

路决抬头看她。

乔一柠又拿了一瓣往他嘴边送：“真的甜，吃了就不酸了啊。”

她的语气跟哄小孩儿似的，路决张嘴咬住了，还往前轻轻咬了一口她的指尖。

乔一柠边洗手边催他出去：“好了，你还没跟贺徊道歉呢，一会儿你先开这个口……”

坐在客厅看了全程的贺徊：“……”

他一个刚度完蜜月的人，为什么要吃别人的狗粮？

贺徊走了之后，乔一柠和路决在家里吃完晚饭，才回公寓。乔一柠没忍住困意，在车上就睡着了。

路决抱她上楼，她大概是觉得冷，一个劲地往他怀里钻，嘴里嘟嘟囔囔地说着话。

路决将耳朵凑近想要听清她在说什么，她却突然仰头重重地亲在他脸上。

密闭的空间里，“吧唧”一声大得连乔一柠自己都吓愣了。

运行中的电梯门上，路决的身影动了动。他笑着低头看她，她想要吓对方的心思瞬间一消，臊眉耷眼地与他对视了几秒。

最后，她自欺欺人地将脑袋重新压在他胸口，声音闷闷地从路决怀里传出来——

“我睡着了，我什么都不知道！”

第四章

你在我这里没有扣分项

[01]

日光透过纱窗漫进来，乔一柠觉得眼皮微痒，翻身抬手蹭了蹭，缓慢地眨了眨眼睛才逐渐清醒过来。她坐在床上发愣片刻，偏头往旁边看过去，没看到人才打开门出去。

以往她多多少少都能听到一些响声，有时候是路决在房间里开衣橱，换衣服的声音；有时候是路决在厨房，煎荷包蛋的声音；有时候是路决蹲在她床边，轻声问她起不起床的声音。

但今天没有，整个房子寂静无声，懒洋洋地于天光下缓慢苏醒。

乔一柠洗漱完下楼，走到冰箱旁，视线扫了一圈白色板子上贴着的课程表。

“周三有早课啊，难怪他起这么早……”

她嘟囔一句，走到厨房里倒温水喝。

她喝了两口才想起什么，回到冰箱前，拿了支笔，在冰箱贴上的那一句“冰箱里有三明治，记得吃”下画了个对钩。

乔一柠在家办公的时间居多，路决为人师表，偶尔需要早起到学校。二人同居了一段时间，有一回乔一柠醒来，没见到路决下意识地给对方打了电话。于是，路决不仅将他的课表贴在墙上，每回离开也会在冰箱贴上留言。

可是，路决的课都是几个班级一块上的大课，一周就上那么几节课。因此，他往公司跑的频率还比较高一些。

顿了顿，乔一柠在留言下面画了一只伸懒腰的猫。

下午，乔一柠需要去一趟 ED 工作室。

这是她第一次参与游戏人物设计，没想到会这么麻烦。设计稿反反复复修改敲定之后，还可能因为某一个游戏设置的变更，再次修改。

大概也因为 ED 工作室与其他工作室性质不同，它们内部人员不多，负责一项工作的人，常常还要为另一项内容添砖加瓦。

只是苦了乔一柠，作为单程线画手的她，不得不在自己不擅长的领域多花时间。好在 ED 大方，酬劳不低。

只是，如此，她就没办法给自己的网络粉丝投喂小条漫了。

乔一柠突然想起自己发布一则与结婚有关的条漫时，有粉丝问她结婚

甜甜的喜欢，
安排

了没有，她大言不惭地说，她日后结婚定然晒结婚证置顶，让他们吃第一手热气腾腾的狗粮。

这个秀恩爱的大好时机，她怎么能放弃！但结婚证一直都在路决那边放着，她得问路决拿到结婚证拍照才行。

乔一柠将手中的三明治吃完，去清洗好牛奶杯。

手机在桌面上振了振。

“醒了吗？”

发消息的人是路决，他的微信头像是一张剪影，大抵能看出那剪影是日落下的一群人，还有半个篮球筐的影子，应该是在大学校园拍的。乔一柠擦干手，回复。

一颗柠檬：醒啦。

紧接着，她又发了一个“亲亲”的表情包。

几乎在乔一柠回复消息的下一秒，路决就将电话打了过来。

“冰箱里的早餐吃了吗？”

“刚吃完。”乔一柠靠着料理台，质问他，“你怎么不亲我？”

路决以为自己听错了，清冷的语调一下变了：“什么？”

“早安吻啊。”

乔一柠指的是方才她都发了“亲亲”的表情包，路决也要回一个“亲亲”的表情包给她才对。

在社交软件上，路决向来简洁明了，连多余的标点符号都没有，更别提表情包了。

乔一柠明摆着是在逗他。

路决停了两秒，有些犹豫地问：“现在吗？”

发个表情包还得挑个黄道吉日？

乔一柠偷着乐：“不然呢？你快点！”

路决的食指在手机上敲了两下，犹犹豫豫地将手机凑到嘴边亲了一下。他仿佛被自己发出的亲吻声烫了一下，一刻不停地将手机放回耳边，佯装镇定地拿着杯子走到饮水机边，接水。

等路决发表情包的乔一柠，整个人都被这声响震慑住了，手忙脚乱地扶住料理台站稳，才憋不住笑出声。

路决会不会太可爱了一点？

路决清了清嗓子，赶紧将打电话的目的说了。

他的声音没压住，有点大。整个办公室忙碌的众人瞬间愣住，互相对看了一眼。等在办公室的路决的学生林简更是瞪大眼，一脸发现新事物的表情。

原来路老师不是单身啊，那班里的那群女生不得疯了。

林简心里咋舌，不磨叽地掏出手机在班级群里号了一嗓子。

要别的这个时间，那众人肯定正忙着在教室补眠，压根儿不会看群信息，但有路决的课的这个时间，班里的女生肯定精神百倍地梳妆打扮着。

很快就有人回应他的尖叫。

“啊什么啊，一大早练嗓子吗？”

“对啊，班长你不是去办公室了吗？怎么还没回来？”

“办公室？见到路老师了吗？今天路老师的美貌是不是也在线营业了！”

往下一系列都在询问路决，计算机系的女生原本就少，作为女生人数最多的计3班全班也只有十几个女生，但这会儿，大家因为路决，硬是在微信群里刷出了几百人在聊的热闹，不一会儿未读信息就高达五六百条了。

林简匆匆看了几眼，直接将原子弹扔了下去。

“路老师有女朋友了！他还很温柔地问对方吃没吃冰箱里的早餐！还对着手机亲！”

班级群里安静了两秒，转瞬又被“啊啊啊”和“呜呜呜”刷屏了。

林简还想再说几句，却见路决挂了电话，他可不敢当面聊路决的八卦，立马乖乖收起手机。

路决端着一杯温水转身问：“你一会儿有时间吗？”

林简立马点头：“有的，老师。”

“那你帮我跑一趟门卫室，我让人将U盘送过来，下节课我们还是照旧上课。”

林简心中一喜：“好的，老师！”

说完，他撒腿就跑。

路决坐回位置，刚放下杯子，就感觉四周的视线若有似无地落在他身上。

路决抬头。

坐在对面的女老师笑着试探地问：“路老师，女朋友呀？”

路决嘴角一勾：“不是女朋友。”

打算给路决介绍自家侄女的女老师松了一口气，但她一口气还没喘匀，就听到路决掷地有声地认真纠正。

“是我的妻子，我们已经结婚了。”

女老师：“哈哈哈，恭喜啊，哈哈哈。”

“谢谢。”路决半点都没察觉到对方的尴尬，低头继续整理手上的讲义。

西行大学是乔一柠的母校，但乔一柠毕业之后就没回来过，一来因为懒，二来因为西行大学的门卫大叔真的是固执又恼人。

“我真的是来找路决的。”乔一柠挥了挥手中的U盘，“我来给他送东西的。”

今天五十有六、鬓发半白，但精气神非常好的门卫大叔，穿着制服，一脸坚毅，大有一副保家卫国的气势。

“路老师先前没跟我提过，你是不是就想骗我？”门卫大叔一指乔一柠肩上的背包，“里面装着传单吧。你这种撒谎进来发传单的人我见多了。你快走吧，学校周一至周五禁止外来人员。”

乔一柠一口气差点喘不上来，她哪一点像发传单的人啊！

“我不是外来人员，我是路决的家属……”

门卫大叔狐疑地看她：“没听说路老师有妹妹啊。”

乔一柠单刀直入：“不是妹妹，是老婆。”

路家明媒正娶，民政局盖章确认过的老婆！

门卫大叔愣了愣，下一秒，他将门卫室的窗口一关，义愤填膺道："你怎么能污蔑路老师！"

乔一柠："……"

"我真是他老婆！"

"那你拿结婚证给我看看。"

"谁没事带结婚证出门啊！"

"你看吧。"

乔一柠怒火直燃，恨不得拆了门卫室，以前她忘带学生证被这个大叔逮着盘问的时候，她就想这么做了！

林简走到校门口，就看见一位穿着吊带裤的女生，气得像河豚似的瞪着门卫大叔。

路老师的女朋友竟然不是走温柔优雅线路的？但是她长得很可爱，眼睛特别亮。

林简走上前，试探着问："你好，路老师让我来拿 U 盘……"

"哦。"乔一柠下意识地想把手中的 U 盘递过去，刚伸出手她就想起什么将手缩了回去，冲对方笑了笑，"你等会儿啊，我这边还有事没解决，你叫什么名字？"

林简被对方的笑晃了眼，难得有些羞赧地挠挠头："大二计 3 班，林简。"

乔一柠掏出手机拨了路决的电话，但刚响了两声，她又将电话挂了，给对方弹了视频电话。

林简就站在她眼前，自然看见了她的动作，心里直咂舌。

路老师不可能接的，平时他连电话都不怎么接。

林简刚这么想，就看见乔一柠手机屏幕上的路决。

林简：……

女朋友啊，总归是有点不一样的。

路决站在走廊上，手机拿得有些低，镜头是从下巴往上照的角度。他的衬衫松了两个扣子，这个角度甚至让乔一柠看到对方裸露出的半截锁骨。

还挺性感……

“你的学生是叫林简吗？”

路决点头：“是他。”

乔一柠应了一声，突然一脸无奈地撇了撇嘴：“我进不去，你能不能来接我？”

在一旁竖着耳朵的林简，顿时眼睛一亮。

路决皱眉：“进不来？”

乔一柠将镜头拉近，娇声娇气地开口：“老公，门卫大叔不让我进去。”

路决：“……”

林简：“……”

门卫大叔：“……”

甜甜的喜欢，
安排

乔一柠抬起食指压住鼻尖，佯装难过地抽了抽鼻子："门卫大叔不相信我们结婚了，是不是我配不上你啊？你是不是也嫌弃我，觉得我长得不好看……"

路决见惯了她一本正经胡说八道的模样："别闹，你把手机给他。"

乔一柠将手机递给门卫大叔，委屈巴巴的表情一收，微抬下颌一脸得意，大有狐假虎威的迹象。

门卫大叔嘴角一抽，对上视频里的路决时才扬起笑。

路决之前帮过他的忙，因此他对路决一直都很客气，不然方才也不会因为乔一柠的话恼怒，但他哪能想到路老师还真结婚了。

门卫大叔简单说了两句，就放乔一柠进去了，连登记都免了。

林简看得目瞪口呆，直到乔一柠拍了拍他的肩膀，他才回过神。

"师母，你说！"

林简大有赴汤蹈火之势。

乔一柠一乐："这么紧张干吗？喏，东西给你，我就不进去了。"

林简接过U盘，试探地问："你不进去看看路老师吗？"

"不了，他一会儿不是还得上课……"乔一柠脑内的灯泡忽地亮起，话音一转，认真又严肃，"也好，我进去看看。"

[02]

目送林简去送U盘回来，乔一柠才跟着他一路走到B栋综合楼。

四楼的阶梯教室里坐了一群学生。今天的乔一柠穿了一件背带裤，脸上只有浅浅的淡妆，她身材娇小，脸又长得嫩，融进学生中毫无违和感。

乔一柠头发绾在耳后，一边整理被吹乱的刘海，一边跟着林简从后门蹿了进去。

阶梯教室里一共有三个班，人数很多，但以防万一林简还是带着乔一柠往角落的位置走。

路决还没到教室，林简无聊地掏出手机玩游戏。乔一柠最近的工作正好与游戏沾边，不免开口多问了几句，林简一一应答，最后还和乔一柠加了好友。

嘈杂的教室突然安静下来，下一秒，开始有人往桌洞里塞零食，有人将涂到一半的口红塞回包里，有人开始翻书拿笔，众人俨然是一副乖乖上课的好学生模样。

阶梯教室的前门开着，阳光从门沿溜进来，落在门口的瓷砖上，路决踩着日光慢慢走上讲台。

他推了推眼镜，道："我们开始上课。"

路决将 U 盘插进电脑里，一边打开 PPT，一边抬头往教室四周扫了一圈，似乎在确认大致的人数。

乔一柠伸手拽过旁边林简的书，将整个脸都埋了进去。

林简没了课本的遮挡，只能坐直身子凭着一身正气迎上路决的视线。

路决的视线没有停顿，林简撑了两秒，在对方低头的瞬间就垮了。

乔一柠边笑边侧头看他："你们这么怕他啊？"

甜甜的喜欢。
安排

林简一脸苦闷地说："路老师上课喜欢扣分，分数是要记入期末成绩里的。他的专业考试本来就难了，平时分再被扣就只能挂科了。"

原来路决还是"严师"。

以前，乔一柠最怕在课程成绩上较真的老师了，再帅都不行。但显然这个教室里有些人不这么认为，乔一柠听着路决讲课时底下成团的回应声，止不住地咂舌摇脑袋，这是"颜值至上主义"班级啊。

林简看她摇头，突然说："你别担心，路老师平时都不怎么搭理班里的女生。"

林简没有说谎，路决的态度一直很冷淡，哪怕对方答对了也只是微微点头，非常冷漠无情。这时，一个刚回答了问题的穿着鹅黄色上衣的女生，大着胆子举手问路决有没有奖励。

路决看了她一眼，丝毫没有因为对方乖巧的样子心软："这个知识点，上节课就说过了。"

他抬起头，突然往这边望过来。

乔一柠吓了一跳，慌里慌张地支起课本将脑袋重新埋了进去。

路决怎么跟探测器似的。

路决继续点人："班长。"

林简哀叹一声站起身："老师。"

"C 语言中有 break 和没有 break 的差别？"

这个知识点不难，林简前两天还背过，但因为乔一柠坐在旁边，他也无端生出一种做贼心虚的感觉，磕磕巴巴了半天也没将答案讲完整。

林简双手撑着桌子，脑袋里一片空白，他下意识地偏头去看乔一柠。

乔一柠对他使眼色，你别看我啊！你看你路老师啊！

她压低脑袋冲林简动动嘴让他转过去，但估计是动作太大了，下巴直接磕在课桌上。

“咚”的一声，非常响亮。

整个教室都安静了。

路决食指敲着讲义，平淡道：“旁边的同学回答一下。”

乔一柠浑身一僵，全当幻听。

路决手指敲讲义的力道重了一些，又说了一遍：“旁边的同学，回答一下。”

乔一柠一脸视死如归地站起身：“路老师，我不会。”

路决正低头收拾讲桌，还没应答，就听到底下传来细碎的谈论声。

“这人没见过啊，2 班的？”

“不是我班上的，估计是 3 班的。”

3 班的女生一头雾水：“不是啊，我班里没这号人。”

路决动作一顿，这声音……他一手撑着桌子，抬起头。

乔一柠看着路决，笑得一脸乖巧。

路决低下头看讲义，无奈中带着点笑意：“坐下吧。”

整个教室再次陷入谜一般的寂静，路老师竟然没扣分？

路决没有拖堂的习惯，下课铃声一响，他交代了几句后便准备离开。

乔一柠却被团团围住审问了。

“同学，我以前怎么没见过你？你哪个班的啊？还是其他专业过来蹭课的？”

“你跟路老师认识吗？”

“你们是不是亲戚啊？”

差不离了，我俩是亲属关系。

乔一柠不知如何是好，只能频频看向路决。

路决接收到求救信号，说：“对了，课后作业忘记布置了。”

他从密封袋里重新拿了 U 盘出来，重新启动电脑。

“黄妍宁，以前不是没有课后作业吗？”黄妍宁是他们班的学习委员，人群中有人偏过头低声问她。

黄妍宁是方才上课问路决有没有奖励的那个女生，她留着齐肩短发，眼尾上挑，眼睛细长又艳丽，是个长相很张扬的女生。

“可能现在有了吧，路老师本来就喜欢想一出是一出。”黄妍宁抬头看了乔一柠一眼，上扬的眼尾带着笑，“你说是不是？姐姐。”

姐姐？乔一柠莫名感受到一股敌意。

路决点开文件，从里面找临时编出来的作业。

他严厉的形象太深入人心，学生们很快就顾不上问乔一柠，纷纷掏出手机拍作业。

下一秒，众人愣在原地，黄妍宁的手机更是“啪嗒”一声砸在课桌上。

乔一柠和路决的结婚照，端端正正地立在幕布正中央，几乎占满了整个幕布。

乔一柠的脸顿时一阵发烫。

路决像是刚反应过来，转头往身后看了一眼，又一脸镇定地转回头，按了下一张图片。

“不好意思，按错了。”

[03]

乔一柠咬了咬吸管，目光落在3号窗口忙着打饭的路决身上。她越看越觉得不对劲，视线往旁边偏了偏，正好对上了手机摄像头。

扎马尾的女生手一抖连忙收起手机，心虚地往乔一柠身上扫了一眼佯装继续排队。

不仅是她，乔一柠还感受了不断瞟过来的视线。

好奇的，震惊的。

西行大学有一个专门分享八卦的网站，是计算机系的某届学长设计的，本意是为了方便不同院系的同学之间交流，后逐渐演变成西行的“八卦小喇叭”。什么哪个系院的系草谈恋爱了，什么某个专业的女生和另一个专业的女生争夺男朋友却发现自己都是小三，哪个班级的男生在女寝楼下告白不成反被打了一顿等等热帖，都占据了好一阵子论坛。

甜甜的喜欢，安排

乔一柠念书时，也常常津津有味地上网站“吃瓜”，可她从没想过自己有一天会变成“瓜”本人。

打开网站，她点击“最新”的选择框，排在第一条的标题俨然是“计算机系男神老师课上掉马，结婚证闪瞎众人”。

乔一柠点开之后，发现通篇出现最多的就是感叹号，底下的评论更是哀鸿遍野。

23楼：我死了！吃瓜吃到本命！！！

24楼：楼上，我也是！我嘴里的奶茶都不甜了！！！

……

246楼：最新消息，路老师带妻子在2号食堂一楼吃午饭！他还在3号窗口排队！众所周知，路老师不爱吃甜食（之前有同学总结过），但3号窗只卖甜食的！我怀疑是师母想吃……

247楼：楼上真相了！我就排在隔壁队，听到路老师问阿姨有没有玉米烙……我哭了，我是一个没有感情的柠檬精！

底下一排都列队似的刷着柠檬，乔一柠往下翻了翻，见路决端着餐盘往这边走过来，她想都没想把手机锁屏放桌上了。

路决将餐盘里的炸酱面和小菜摆在乔一柠面前，转手又给她拿了一小碟玉米烙，他自己只有一碗皮蛋瘦肉粥。

乔一柠放下手里的奶茶，明知故问：“你给我买了玉米烙？”

路决搅拌着碗里的热粥：“嗯，你不是喜欢吗？”

他刚说完就察觉到乔一柠的嘴角弯了弯，一脸憨笑的表情望着他。

“怎么了？”路决问。

乔一柠低下头拆筷子，笑着摇了摇脑袋。真是奇怪，她明明还没吃到眼前的玉米烙，心里却甜甜的。

她吃着东西，嘴却依旧闲不下，含混不清地问：“我听林简说，你经常会给他们打分，那像我刚才那样没回答出来，是不是得扣分呀？”

路决没说话。

乔一柠低头找碗里的花生，半晌没听到答复，便抬头看路决。

路决却反常地垂下眼，不与她对视。

过了会儿，路决才说：“你在我这里，没有扣分项。”

他的声音很平静，她却觉得如雷撞耳。

乔一柠的心跳频率陡然加快。

她轻咳一声，红着脸压低声音：“路老师，你要注意场合，为人师表怎么能公然带头，在食堂里卿卿我我呢！”

路决的目光从她唇边掠过：“没‘亲’。”

乔一柠：“……”

路决一脸无辜：“确实没‘亲’。”

乔一柠低下头，从碗里夹了炸酱面放进对方勺子里，快速道：“你吃炸酱面吧！”

他们所在的食堂是西行大学的2号食堂，厨师长是南京人，饭菜口味普遍偏甜一些。乔一柠爱好咸甜口，很喜欢2号食堂，见路决也没吃自己夹给他的炸酱面，才猛然反应过来，路决口味清淡，便讪讪地把炸酱面又夹回了自己的碗里。

路决当时选择应聘西行大学，怎么不考虑考虑食堂的问题……

乔一柠握着筷子的手一顿，西行大学……

她恍然想起一件事，支着脑袋问路决："你以前是不是来过西行大学？"

路决垂眸喝粥，不作声。

乔一柠以为对方没想起来。

"下雨天？小礼堂？我们还碰了一面。"

"嗯。"

"你当时来找谁啊？"

"忘了。"

乔一柠还想再问，路决已经放下瓷匙一副等她吃饭的架势。

这明摆着有问题，但公共场所，乔一柠不好"严刑逼供"，只好怏怏地住嘴，乖乖吃面。

饭后，乔一柠要去ED工作室，她告别路决，刚往前走了两步，又返回来问路决结婚证放在什么位置了。

得到答案，她再次抬脚往校门口走，但不过两秒又转头走回来了。

路决见她回头才问："又忘了……"

乔一柠径直走过来抱住了他，路决后半段的话便没了声音。

乔一柠的声音和松开的动作一样快速："我走啦，不要太想我。"

校园里的学生来来往往，有不少人驻足围观。乔一柠却恍若无人一样，走出几米后还回头冲他比爱心。

阳光落在乔一柠周身，顺从妥帖得像从她身上散发出来的光一样，她是一个无论走到哪里，都会让人停留回望的人。

路决站在原地，未说出口的话还藏在唇边。

可我现在就想你了。

[04]

乔一柠将结婚证的照片发在了微博上时，还遵从当初的承诺置顶了。

不过几分钟，评论区成列都是"啊啊啊"，祝福的有，佯装抱怨吃狗粮的也有，更多的是夸路决长得好看。

乔一柠挑了热评第一的那句"老公好帅"，严肃认真地纠正：是我老公。

眼见着他们都变成柠檬精，乔一柠才心满意足地收起手机。

ED 工作室人员不多，又是午休时分，乔一柠像往常一般，轻手轻脚地开门，就听到组长的高喊声："准备一下啊，要开始试音了。"

乔一柠一头雾水地进去，就发现静谧的会议室前站满了人。会议室里正有三三两两的人往外走，人群拥挤，乔一柠也没看清是谁，于是走到趴在角落围观的顾枝枝身边。

顾枝枝和乔一柠是组员，工作时两人经常一块插科打诨，互相慰藉。

甜甜的喜欢，
安排

乔一柠知道她最注重睡眠，没到两点都不可能从休息室出来。

“你今天怎么这么早就把自己放出来了？”

顾枝枝吓了一跳，转头，还没说什么呢，身后就传来另一道声音。

“因为今天有配音演员来给游戏人物试音，她来看帅哥的。”

乔一柠闻言暗自翻了个白眼，才转过头客套地笑了笑：“原来是这样。”

她回答得简短本就是不想再聊了，哪知她抬脚往旁边跨了一步，关迟也跟着她挪了挪。

他端着一杯咖啡，这会儿他突然将手上的杯子往旁边让了让，纳闷地凑近乔一柠：“你最近是不是喷香水了，怎么每天都甜滋滋的？”

乔一柠鸡皮疙瘩一蹿后退了两步，胡乱找了个借口：“没有，大概是刚才喝了奶茶吧。”

“奶茶啊，那下班之后一块去喝奶茶吧？我发现了一家新开的店。”关迟漫不经心地说，嘴角却翘上了天，“我最近新买了一辆车，让你试试副驾驶怎么样？”

不怎么样，这事要是被路决知道，那这试试就成“逝世”了。

关迟人不坏就是太油腻了，乔一柠对他一向避之不及，连忙拉顾枝枝挡箭：“不了，我和枝枝约好了下班一块吃饭！”

方才顾枝枝的心思压根儿就不在这里，但她的优点就是反应够快，配合够好。

她毅然决然地点点头，笃定的模样仿佛她们真的约好似的：“是啊，我们都约好了。”

“那明天？”

“明天……我跟别的朋友约好了看电影。”

“后天？”

“后天也不太行呢。”

话说到这份儿上，关迟总该知难而退了吧。

哪想到关迟沉吟片刻，自认为帅气地抖了抖前额的头发：“没关系，我等就是了，我的副驾驶永远为你而留。”

他边说还边冲乔一柠眨了眨眼。

乔一柠抽了抽嘴角，等关迟离开后才趴在顾枝枝肩上暗骂一声：“不是，他听不懂人话吧？”

顾枝枝拍了拍她的手：“你没看见他电脑桌面上的句子吗？”

“什么句子？”

顾枝枝振振有词：“万事总有峰回路转的一天。”

乔一柠冷笑：“那我就把路封死了。”

顾枝枝乐了：“他上回还说去问算命先生了，说月老在你俩中间牵了红线，姻缘断不了。”

乔一柠连冷笑都不屑于表现了。

她相信，哪怕月老给他俩牵了根钢筋，路决也能掰断了。

配音演员都进到配音室了，会议室一下又空了，乔一柠从桌上拿了杯子，

甜甜的喜欢.
安排

想去茶水间倒杯牛奶。

顾枝枝忙一口气喝光了杯中的水，说："我也要去！"

茶水间在长廊转角处，旁边就是配音室。

"你到底去看谁啊，这么兴致勃勃的？"乔一柠好奇地问。

"江耐啊！配音圈的小可爱，我太喜欢他的声音了，温柔又清冽就跟初雪似的。"

"你这个比喻……等会儿，谁？"乔一柠微微讶异，眼睛都亮了，"江耐？"

"是啊，前阵子大火的那部古装戏，男主的配音就是他。那低沉的声音，真的太迷人了，男主角能那么成功，江耐功不可没啊。"

她们边说话边走到茶水间，顾枝枝面向配音室宽阔的玻璃墙，指了指里面穿着白色卫衣的男生。

"喏，就是他。"

配音室里，被顾枝枝点到的男生将脑袋上的耳机拉到脖子上挂着，偏头望过来。

如墨似的头发软趴趴地耷在前额，眼睛很亮，逐渐上扬的嘴角将上唇的兔牙露了大半出来。

清秀又乖巧。

顾枝枝整个人都愣住了，往后退了一步靠在乔一柠肩上，一脸被帅哥击中的表情："他他……他对我笑吗？"

乔一柠斟酌道：“可能不是。”

顾枝枝立马看她：“什么意思？”

乔一柠有些无奈地笑了笑，手心向内挥了挥，打发江耐继续去配音。

“他是我表弟。”

[05]

顾枝枝用奶茶和撒娇，彻底将乔一柠说服了。她只能硬着头皮答应顾枝枝，让江耐给顾枝枝录一段起床铃声。

顾枝枝冲她抛了个飞吻，心满意足地回去工作。

ED 工作室主要有三个部门，游戏策划部、游戏美术部、游戏程序部。乔一柠所在的游戏美术部又分成 2D 和 3D 两个小组，乔一柠和顾枝枝是 3D 组的游戏人物设计师。

不过 ED 人少，尽管乔一柠主要负责人物设计，也会帮忙做些场景概念设计。

忙了一下午，五点还要参加美术部召开的讨论会，但乔一柠的组长向来话不多，是典型的苦干型，平时开会都是简明扼要地将重点提了，组员们没有异议直接就地散会，简直是“上司之光”。

乔一柠乐得自在，道别顾枝枝准备去赴钟怡遥的约。她昨晚和钟怡遥约好今天一块吃火锅，她还问过路决要不要一起，但路决恰巧有事要忙，不能来。

乔一柠出了电梯，往公司大厅走，心里正想着要不要给路决带点吃的回去，抬头就看见江耐。

江耐小时候腼腆内向，乔一柠其实很少跟他搭话。后来江耐到苏邻这边上学，在她家里寄住过一段时间，两姐弟才真正熟起来。

江耐是那种很难让人挑出刺来的人——因为他温柔而且非常细腻。

“姐，刚给你买的舒芙蕾。”江耐将手上的袋子提给乔一柠，自觉地接过乔一柠手上的包，“你一会儿有时间吗？”

江耐以前就喜欢跟在乔一柠身后，只是后来他到外地上大学，两人的联系才少了很多，但骨子里的熟悉感还是难以驱散。

“想请我吃饭啊？”乔一柠拿附赠的勺子挖了一口舒芙蕾入口，抹茶味，是她喜欢的口味，她脸上的笑意又深了几分，“虽然我很想狠狠宰你一顿，但姐姐今天没空啊，我和人约好了吃饭。”

江耐笑了笑：“没关系，这段时间我都在苏邻，你随时可以宰我一顿。”

“你在这边工作？说起来，你刚毕业吧？”

江耐有些无奈：“我今年都二十四岁了，已经毕业两年了，最近在这边接了一个工作，是给影视剧配音，所以会待久一些。”

乔一柠今年过年有事没跟吴芝繁回去，上一次见到江耐还是去年过年的事，之后总是网络、电话联系居多。

乔一柠拿袋子里的餐巾纸擦了擦嘴，站定看眼前手长腿长的江耐：“我怎么总有一种你还小的感觉。”

“可能是因为我是你弟弟。”

“也不是，钟怡遥见到你估计也会大吃一惊。”

江耐脚步不停，提包的手却一顿：“钟怡遥？”

“嗯，我今晚跟她约了吃饭。”乔一柠话音一转，笑了，“你好像都不怎么喊她姐姐。”

江耐的声音轻了不少：“她可没有做姐姐的自觉。”

虽是埋汰话，乔一柠却不觉得讶异，毕竟钟怡遥以前可是没少调戏小江耐。

“姐。”

“嗯？”乔一柠转过头看他。

江耐目光坦荡，语气却有些迟疑：“我能……跟你们一块吃饭吗？”

钟怡遥垂涎三尺的那家火锅店是一家新店，听说是一个小有名气的画手开的，所以时常有粉丝来打卡。她好不容易预订到位置，第一时间就将地址和卡座位置告知乔一柠。

钟怡遥百无聊赖地靠在椅背上刷微博，乔一柠在她对面坐下时，她才放下手机哀号。

“你怎么这么慢啊，我要饿死了……”钟怡遥话音一顿，微微抬头朝乔一柠旁边站着的人看了眼，然后凑近乔一柠，自以为小声地说，“这位帅哥是谁？”

江耐脸上的笑意瞬间收了大半。

乔柠往旁边让了让，让江耐在长沙发上坐下。

“江耐啊，你忘了？”

江耐顺势笑了笑，一脸乖巧。

钟怡遥愣了两秒，直接上手扯了扯江耐的脸：“你怎么这么高了！”

不怪钟怡遥惊讶，她最后一次见江耐还是在对方的高中毕业典礼上，后来江耐去外地上学就很少回苏邻了。

江耐好脾气地任钟怡遥扯，还顺手拿走了她手腕旁边的热壶：“别烫到了。”

“你皮肤好好啊。”钟怡遥得寸进尺地摸了两把，显然潜意识里还是将他当成任她欺负的弟弟。

江耐耳尖一红，往后一仰才躲过钟怡遥的魔爪。钟怡遥就跟看见新玩具似的，压根儿忘记方才自己还哀号着饥饿，一个劲地询问江耐近况。江耐一边倒茶一边回应，直到钟怡遥问他有没有女朋友，他才莫名其妙地慌了一下。

“没有……”

“不应该啊，弟弟这么可爱，长得帅，性格还好，怎么会没有女生追你？”钟怡遥莞尔一笑，揶揄他，“那你看我怎么样，姐姐愿意等……哦，也不用等，你到法定结婚年龄了。”

江耐落在杯沿上的尾指不由自主一颤。

乔一柠拿平板电脑下完单，闻言道：“宝贝，我求你了，你祸害许直就算了，别祸害我弟弟。”

钟怡遥一听许直两个字，脸上的戏谑瞬间收得干净，显然是不乐意听见这名字。

乔一柠瞥了一眼，心有灵犀：“吵架了？”

“他想结婚，我不想，然后吵了。”

钟怡遥不想多谈，连忙转移话题聊起之前公司出差的趣事，只有江耐愣了片刻，见缝插针问了一句：“许直是？”

钟怡遥插空回了一句：“我男朋友，你姐夫。”

江耐目光一晃，垂眸喝茶，看似平静，唇齿碰在杯沿上却没喝进一口。

后半段，钟怡遥嚷嚷着要喝酒，乔一柠劝阻不成还被她笑话酒量低，一时气急拉着钟怡遥转战附近的酒吧。江耐担心她们一直小心跟着，偶尔还得阻止她们在酒吧决一死战。

钟怡遥喝得半醉趴在桌上老调重谈：“江耐，你不知道你姐酒量多差，高中毕业聚会那天，她只喝了三杯整个人就蒙了，每碰见一位同学就哭着跟人家说‘你不要忘了我，你要来找我’，哈哈哈哈哈，我们一群人都要笑死了……”

乔一柠一听就觉得头疼，但她知道钟怡遥今天心情并不好，估计是因为和许直吵架的原因，喝酒喝得特别猛，所以她只是象征性地说了一句“闭嘴”。

钟怡遥当然不可能闭嘴，直到最后回家还在絮絮念叨。

乔一柠将醉成一摊泥的钟怡遥往江耐怀里一推，问：“你还记得她家的地址吗？”

江耐点头。

“那你送她回去，我估计不太行。”

乔一柠低头揉了揉发烫的双颊。她酒量不好，每回喝酒心里都是揣着一把尺，绝不让自己超过那个度，但今天心里的那把尺子一下没把握住喝多了。她晃了晃脑袋，总觉得脑袋像灌着铅，很沉。

江耐不放心：“那你呢？”

“我让你姐夫来接我。”乔一柠冲他挥挥手，在酒吧大厅的座椅坐下了，声音有些飘，“你要把钟怡遥安全送回家啊，不然姐姐宰了你。”

江耐有些担心地往前走了两步，但没想到惊动了怀里的钟怡遥，对方抬手直接扣住他的脖子，将自己挂了上去，嘴上哼哼唧唧着不知道在嘀咕什么。

江耐怕钟怡遥摔着，手臂下意识地挽在她腰上，他转头和前台的服务员叮嘱了几句，才告别乔一柠往门外走去。

街边霓虹敞亮，身后是震耳欲聋的酒吧，眼前是车流不息的长街。

江耐愣了一下，将手移到钟怡遥肩膀上，拉远了两人的距离。

钟怡遥觉得不舒服，嘴上抱怨着难受，也不知道是心里难受还是喝醉的状态难受。

江耐低着头，脸上没有往日的乖巧，语气甚至有些埋怨：“难受你谈什么恋爱。”

钟怡遥依旧含糊其词地抱怨着，像是没听见他说的话的模样。

不远处行驶而来的车开了远灯，直直落在江耐的脸上，他下意识地眯了眯眼又抬手将手掌挡在钟怡遥眼前。等刺眼的车灯远去，他才放下手，恍若呓语地问了一句：

“钟怡遥，你要结婚了吗？”

[06]

乔一柠瞪着眼前的陌生男子，问：“你是我老公吗？”

被拦住的陌生男子一脸茫然，这时一名俊朗清冷的男人快步走来，边同他道歉，边将人揽入怀。

“乔一柠，你老公在这里。”

乔一柠呆愣愣地抬头看他，半晌才缓慢地眨眨眼：“你是谁？”

陌生男子瞬间警惕地看着路决，连站在前台的服务员都走了出来，显然是将路决当成诱拐醉酒少女的坏人了。

好在路决手机里有结婚证做证，才避免了一场大乌龙的发生。

路决抱着乔一柠，想带她上车。但乔一柠酒意上来，偏要走路回去。

路决争不过她，又怕她胡乱挣扎下将自己伤了，只好让酒吧的门童把他的车停到停车场，将乔一柠背在背上，准备走回家。

江耐大概是终于想起来，乔一柠喝醉之后认不清人的毛病，直接给路决打了电话。路决正背着乔一柠经过小广场，他接电话，背上的乔一柠嚷着要看月亮。路决挂了电话后，只好陪着她坐在长椅上看月亮。

小广场上的人不多，周边的几家店正收拾着打烊，路决不放心放她一人留在这里，招手喊了不远处的一名小孩儿。

对方帮他去24小时的便利店，买了一杯蜂蜜水，路决将找回的钱都给了他，当作是报酬。

蜂蜜水是温的，路决将杯口压在乔一柠的唇边，哄她喝下。

乔一柠借着月光看路决，好像这会儿才完全认出他来："你好慢啊，大家都回家了。"

路决接到电话的时候就往酒吧赶了，因为着急连外套都没穿。

他伸手擦去她嘴角的水渍，小声说："是我来晚了。"

乔一柠也没想计较，软哼哼地说："那你下次快一点，不然我就跟别人回家了。"

路决压在她嘴角的力气重了一些："那不行。"

乔一柠不说话了，一会儿低头看他们的影子，一会儿靠在路决身上看月亮。路决怕她着凉，刚想伸手去暖对方的脸，指尖就承接到一点凉。

乔一柠软趴趴地依偎在他怀里，眼睛下垂，翘起的睫毛在泪水下，粘贴在一块，湿漉漉的。

路决伸手蹭她的耳垂："怎么了？"

不问还好，路决一问，乔一柠的委屈就跟开了闸的水流似的。

她像是一只落水的麋鹿，抓着他的衣服，小声地呜咽，滚烫的热泪落在他手上。

路决的心口像被踩了一下，拿衣袖去擦她的眼泪：“为什么哭？”

乔一柠抽抽搭搭地哭了一会儿，才镇定下来说话：“他说我的作品不行。”

钟怡遥今晚心情不好，乔一柠不想让钟怡遥担心，就没有将在酒吧收到退稿短信的事情，告诉钟怡遥和江耐。但她心里难受，又不能一吐为快，才一下没控制住喝醉了。

这会儿晚风一吹，她稍显清明的脑子又想起了这糟心的事。

她越想越难受，眼睛里又滚落两滴泪。

只一句，路决便明白过来。

之前乔一柠一直在用心准备给那部动画电影画海报，她将官网公布出来的所有信息都嚼透了，终于找到一些灵感。但中间仍旧删删改改了好几回，光是路决知道的，废掉的初稿就有十几种。

她对待绘画，向来认真，即便是没有敲定，尝试的作品也尽量尽善尽美。有一回她在画室枕着绘画板睡着了，路决半夜将她抱回房，她还嚷着没画完。

路决见过她努力的样子，更明白她此刻流的泪。

他抱着她，低声安慰：“那我们就不画了。”

乔一柠顿住，仿佛在思考他的提议。

过了会儿，她直起身认真说：“我觉得我可以画好。”

她眼睛清澈又明亮，还有着未散尽的水汽，声音却很坚定：“我可以

甜甜的喜欢，
安排

画好。”

广场上人影渐消，树影憧憧，城市的喧嚣在渐渐退散，乔一柠的身后是清冷的圆月和落着小小星光的黑夜。

星月亮起，又在转瞬之间在路决眼中一同熄灭，他眼中便只剩乔一柠的影子。

路决从小就被称赞聪明，但他眼中从来没有对于未来的憧憬。就像他对乔一柠说他没有梦想一样，他眼中没有光。

但乔一柠永远像十七八岁时一样，意气风发、自信坚定，愿意为了喜欢的事情去努力，去尝试，去撞南墙。

他之前不明白这种执拗和坚持，直到他遇见乔一柠，直到她成为他眼中的光。

乔一柠伸手去摸路决的脸，歪着头问：“你为什么一直看着我？”

路决稍一偏头，将唇落在她的手腕处。

“因为情难自已。”

路决再次背着乔一柠回家时，已经临近半夜。街上行人寥寥，耳边只剩车流疾驰的声音，影子亦步亦趋地落在他们身后。

乔一柠在困乏时，话突然多了起来，胡言乱语地说了一通，得不到回应还会生气。路决只好在她每说完一句时，“嗯”一声作为回应。

“我七岁的时候，跟隔壁的陈二打了一架，因为他偷吃我的糖还不给钱。”

“嗯。”

“我很喜欢画画，我觉得我以后会特别厉害。”

“嗯。”

“我之前只喜欢路决的脸。”

路决这下“嗯”不下去了，踩着脚下路灯的光，轻声问：“那现在呢？”

“现在？”乔一柠将脑袋压在他的背上，闭着眼睛小声说，“现在，我想和他在一起。”

路决脚下一停。

乔一柠不知道想到什么，又不太乐意地嘟囔：“但他是理科生，他太理性了。”

路决是彻头彻尾的理科生，生活中绝大部分的问题都是靠理性思维解决的，但他没想到乔一柠连这个都注意到了。只是，她如果注意到这点，怎么又忘记他当初为她一意孤行，闯别人婚礼的事情。

他抬脚往前走，空旷的长街一眼看不到头，万家灯火层层叠叠映在远处，黑夜拖长他们的影子，月光覆满他们一身。

路决的声音便也像落下来的月光一样轻：

“可他喜欢你，你便成了他唯一的感性。”

甜甜的喜欢，
安排

第五章

没关系，我给你糖吃

[01]

天光清浅，凉风徐徐，挂在天边的云层很厚，阳光被掩盖住只透着丝丝缕缕的光，从远处看像是云层里藏了一支手电筒。

乔一柠昨晚睡得昏昏沉沉，清晨趁着天光就跑下楼买了早餐。路决今天没有早课，寂静的清晨里，清醒的人只有她一个。

现在，她和路决睡在同一个房间，另一个房间便闲置了，她闲得无聊便将自己房间的被子抱到露台铁架上晒着。

高处能听到一些人声和鸟鸣，她将脑袋压在

被子上听了一会儿，视线却越来越涣散，在清醒与昏睡的边际摇摆不定。

路决站在窗边往下看了一会儿，实在是怕她磕伤下巴才不得不故意发出一些声响。

乔一柠听见拉动窗户的声响倏忽清醒，一脸欣喜地转过头：“你醒啦？”

路决揉着后颈的肌肉，走过去：“不醒也难，你是不是把碗打碎了？”

刚才她将豆浆倒进碗里，手滑打碎了一个碗。因为怕吵到路决，她收拾时还故意放轻了脚步，但没想到路决耳朵这么灵。

乔一柠无奈地耸耸肩：“我就是手滑了一下，它就摔个粉身碎骨了。”

路决捏住她的手腕看了看，没看见伤口。

“下次放着我来。”

“我都多大了，总不能收拾个破碗都不行。”乔一柠不以为意。

路决正走去客厅，闻言转过头，调侃道：“我是说，下次倒豆浆这种事让我来，不然家里的碗都不够你摔。”

乔一柠“哎呀”一声，立马追上前，踮着脚去钩对方的脖子，但因为路决太高，她失手没钩到，场面一时非常尴尬。

乔一柠看着路决，一脸“你自己看着办”的架势。

路决低声笑，自觉俯下身。乔一柠立马双手齐上，钩住他的脖子往下压，语气恶狠狠：“说！是不是我打碎几个破碗都不行了！”

路决胸腔微震，显然是在笑。

“我妈之前在景德镇专门定制的，两百块一个，不是破碗。”

甜甜的喜欢，安排

乔一柠一愣，顿时瞪大眼，绕到路决身前："你说真的？两百块一个也太贵了吧，都够我吃一顿火锅了。"

路决拉下她的手，一针见血地戳穿她："你一顿火锅可不止两百块。"

乔一柠冲他龇牙咧嘴，急急忙忙地要往露台冲。

路决手一伸，拦住她："去哪儿？"

"我把碎碗扔露台了，我都没仔细看过它，我哪知道它这么值钱！"乔一柠顿时追悔莫及，一脸痛心疾首地支起两根手指，"两百块啊！它这身价在碗界也是一小地主了，我得把它厚葬了。"

最后乔一柠还真弄了一个小箱子，将碎瓷片装了进去，又往里面塞了一些软纸，最后缠上厚厚的胶带。

当时乔一柠只觉得好玩，但没想到过了几天，她还真去参加了吊唁。

对方是乔一柠的远方亲戚，乔一柠这二十多年来就只见过他一次，两家算不上亲近，联系也少，所以当乔一柠听见他因为赛车去世，只觉得有些世事无常，有些沉重，再多便没有了。

路决原本打算陪乔一柠过去，但恰巧接到助理林至的电话，公司有事需要他去一趟。

[02]

路纤传媒公司，二十七楼研发工作室的茶水间。

热水显示键一跳，水柱直下溅落在咖啡粉末上引出一阵微苦的香味，来人拿过一旁的长匙随意搅拌了两下就往嘴里灌了两口醒神。

“你说，老大今天是不是心情不太好？”嘴里的苦味有些重，说话的女职员没忍住吐了吐舌散味。

坐在一旁正往嘴里塞糕点的林至一愣，他虽然是路决的助理，但心思大半都放在正事上，很少去注意路决的心情，更何况路决那张脸时常也看不出什么心情。

他虚心向学：“怎么说？”

女职员捏着长匙柄有一下没一下地磕着杯沿，言语间带着讶异：“老大刚才竟然让我把新产品编制的工程图交给他。”

“这不挺正常吗？”

“你傻啊，前几天会议上我不是当着大伙的面交给他了吗？”

林至不以为意：“那可能忘了。”

“不可能！老大那脑子除非不在状态，不然不会忘记这种事情的。”

别人不知道，她可记得有一回路决跟质检部沟通，在确认零件进展时是直接报时间点的，别人一般会说一句“上午”，再细心一些也是“上午十点”，路老大直接报的是“上午 10 点 18 分”。虽然说这并不是大事，但细微处更能发现一个人的为人，路老大绝对是一个严谨又记性强大的人。

女职员压低声音，一脸八卦：“你说是不是跟猫吵架了？”

林至咀嚼的动作瞬间慢了几秒。

猫这事还得从前阵子说起。那时路决刚来公司，他们对于路决都不熟悉，只知道是公司的二少，还是一名大学老师，长得好看但气质很冷。但就公司愿意为他将二十七楼整层空出来当研发工作室来看，他绝对不是善茬。

路决确实不是善茬，人家看似是一名老师，背地里却是软件开发大佬，不论理论知识还是实践经验都远高于他们，每次讨论都像一场学霸对于学渣的互助小组活动，而且路决不喜欢上下级那套，向来主张“有事说事”。

那次他们聚在一块开会，结束时女职员落在后面，路决突然喊住她，上来就是一句“你结婚了吗”。当时会议室的门没关，其余成员刚走出门外，一众人瞬间瞪大眼，一脸八卦地扭回头。

女职员更是两耳一红，支支吾吾：“没……没结婚，我……我单身。”

路决一顿，没顾上听后面那句：“那算了。”

众人小小的脑袋都充满了大大的问号——怎么就算了？没结婚不是正好吗？

最后，还是人群中的一名已婚男同事举手救场。

然而路决竟然问结婚之后，应该怎么相处。

男同事这会儿不仅疑惑大，脑袋也大了，迟疑道：“团结友爱？互帮互助？”

之后他们私底下的群里，有人说看见路决在查女生喜欢什么样的窗帘，他们便认为老大是要忙着追人求婚，虽然送的礼物有些……与众不同。然后他们又发现路决一个月前突然开始不再加班，每天下午五点准时下班。有不怕死的同事身负整个工作室吃瓜的重任，借公事旁敲侧击地去询问，路决不但不恼，反倒眉梢带笑。

“家里有人，她怕黑，不能晚归。”

他们不知道路决的家里人是谁，便用“猫”做代号。

后来他们才知道，这只“猫”还跟路决领证了。

林至一抹嘴，背对着女职员起身倒水，视线往前方墙面的挂钟上一扫：“还有五分钟就六点了，老大竟然还没走，确实奇怪，难道真是吵架了？”

女职员没回应，低咳了两声。

林至置若罔闻，自言自语地握着杯子转身：“老大不会是被扫地出门，有家不能归吧？看不出来啊老大还是妻妻妻……”林至瞪着前方，“起来，不愿做奴隶的人们！把我们的血肉……”

路决手上拿着一份资料，冷若冰霜地冲林至抬了抬下颌：“不用你的血肉，要一杯咖啡。”

林至立马闭嘴给路决倒咖啡。

因为路决难得留下加班，直至六点，工作室都没有人先行离开，整个楼层灯光大亮，众人忙忙碌碌地低头处理手头上的工作，六点十分时一声轻响突然打破了 27 楼密封的结界。

研发工作室众人私下的小群里，骤然跳出了一条信息。

初初永不秃头：我刚听到猫给老大打电话了！！！

初初永不秃头：各位准备下班了！！！

甜甜的喜欢.
安排

工作室里上一秒还埋头苦干的众人，宛如向日葵齐齐抬头，视线都落在路决的办公室里，路决果然起身收拾东西了。

路决拿好东西准备离开时，突然想到乔一柠之前说他冷若冰霜的，同事肯定很害怕他，他脚步一停，让林至带头喊其他同事一块去吃饭，花费的金额他会报销。

整个 27 楼，顿时一片惊呼。

乔一柠从灵堂出来，下了台阶等在路边。这条小路对面是少年宫，楼层亮着灯，里面隐隐有钢琴声传来，大门前的空地上还有三三两两打闹的孩子。而乔一柠身后是死水一般的寂静，人声很轻，脚步很轻，连哭声都压抑着不敢声张。

乔一柠献花时，看到灵堂前的遗照。那是一张旧照，对方身上还穿着校服。乔一柠第一次见他的时候，他刚放学回来，身上穿的也是高中校服。这是她第二次见到他，他却已经与这个世界没有关联了。

路决到的时候，乔一柠的手背都是凉的。他从车后座拿了一张小毯子，将她团团盖住，又伸手去搓她的手，她却笑话他自己的手都是冷的。

路决看了看乔一柠的眼睛，没红，但神色恹恹像提不起精神。

汽车行驶在大道上，旁边的景物不断倒退，窗外的霓虹灯在城市里兀自发亮，整个城市，乃至整个世界，都是一场盛大的进行曲。这场演奏里，每一个人都是渺小的个体，因为太过渺小，即便消失，即便离开也恍若指尖一粒尘埃。

路决不知何时停了车，车灯照进昏暗的角落，往黑暗中投射一束光，光影中的灰尘飘飘扬扬地落在半空像一团松散的雾气。

路决解开安全带，探身过去抱住了乔一柠：“不难过了。”

温热从拥抱的缝隙里蒸发，落在乔一柠的眼睛里融成一抹红。她确实有些多愁善感，她在之前也狠狠地教训了自己，扬言一会儿见到路决一定不能哭丧着脸。但是当她见到路决，她刚被按压下去的难过又腾空而起。

灵堂的氛围太沉重了，家属的哭声断断续续、肝肠寸断，烛火的轻响像被放大好几倍。他就这么离开了，什么都不知道，她踏出灵堂后也会什么都忘记，但是那些家人，他们可能一辈子都忘不掉。

人世间的生死和悲喜一样，都是无法感同身受的。

乔一柠将下颌压在路决的肩膀上，她眼前是窗外的无边夜幕，身前是路决发烫的胸口，她心里的难过挥之不去，转眼又演变成一个又一个问题，她好像想透了一件事，好像伸手抓住了什么，但又差一点。

乔一柠皱眉问路决：“人死之后是不是就等同于生命的消亡？”

换作以前路决肯定会意识到她这个问题，问得很莫名其妙，但此刻他正怕乔一柠难受，也没细想就直接回答了。

“不完全是，一个人的消亡应该不仅仅是指心跳的停止，生命牵扯上的联系太多，即便主体死亡，但他生前与他人的联系，盘根错节，无边无尽，比如回忆。”

乔一柠顿了两秒，猛地推开路决坐起身："我知道了！"

路决还没反应过来她怎么从大悲瞬间大喜了，就见她作势要推开门下车。路决拉住她："去哪儿？"

乔一柠看了一眼窗外，恍然回神："哦，我们还没到家，那我们快回家！"

她拉住路决，抬头干脆利落地亲在他脸上，眼睛亮晶晶，说："我有灵感了！我知道海报怎么画了，果然理性思维和感性思维不一样。路老师，你真是一块砖，哪里需要往哪儿搬！连绘画界你也能插一脚！"

路决哑然失笑，在乔一柠的催促下重新启动车。

"不难过了？"

乔一柠不好意思地蹭掉眼尾的水汽："现在好多了，就是手很痒，想要快点回去画画。"乔一柠看着路决脸上的笑，立马警告，"你可不能将这事告诉别人！"不然她的脸往哪儿放啊，别人肯定觉得她是爱哭鬼。

路决不免觉得奇妙，乔一柠好像永远能够创造出一个全新的自己，让他每一回都为她的行为和想法感到讶异。他的生活一直无趣又循规蹈矩，乔一柠是他生活里最大的变数。

路决抽了一张纸递给她，以商量的口味说："那你以后别随便哭了。"

远处的红灯亮起，路决缓缓停住车，借着车内的一盏暖灯看清乔一柠微红的脸。

"你一哭，难受的人就不止你一个了。"

乔一柠回到家就将自己关进画室，只有拿外卖的时候才会喊路决帮忙。

路决怕扰乱她的思绪，很少会去画室，只有在凌晨，才强硬抱她去睡觉。

乔一柠一连几天都窝在画室里，大门不出，二门不迈。

终于在一个黄昏时分，路决下班回家时，她宛如凯旋的将士般，从画室跑出来，拉住路决的手在客厅里转圈圈，大有要庆祝一番的架势。路决正想着如何犒劳她，转头就接到家里的电话。

吴止从显仰过来了，此刻正在路家等他们一块过去吃饭。

[03]

苏邻市的夏季总是带着一股慵懒、缓慢的气息，临近入夏时常常会下一段春末的小雨。市区晚风湿冷，阴沉了一整天的天空在夜色渐浓时终于缓缓下起雨来，乔一柠在路决车上时还没感觉到凉意，到家刚下车被凉风一吹就弯腰打了两个喷嚏，路决将自己的外套披在她肩上揽着她进屋里。

室内温暖，乔一柠进门就将外套随手挂在一处。

路建廷有事未归，路昀带着妻子和女儿去玩了，屋内只剩路蒋易和吴止坐在沙发两端，各捧一部手机玩游戏。他们抬头看见乔一柠时齐齐打了招呼，转瞬又低下头玩游戏，继续唇枪舌剑地拌嘴。

乔一柠在一旁看得有趣，人老之后真的会变得幼稚，像个半大的孩童为三言两语斗嘴，生命线的演变很奇妙，像是从头到尾兜了一个圈。乔一柠以前觉得吴止一个人太孤单，但现在有路爷爷，他们隔三岔五还能待在

甜甜的喜欢，
安排

一块说说话……而这一切都是因为她遇见了路决。

乔一柠将视线投射到厨房的位置。

从大开的厨房门能够看到路决正背对着她和柳雨听说话。厨房一侧有暖灯，将路决身上的白衬衫染黄一角，他侧身微俯拿着小锅正在倒着什么，下颌线干净又流畅，高挺的鼻梁上面架着眼镜，镜片上反射着一小块光点正好落在眼尾的位置。

真好看。

这么好看的人竟然是我的人。

因为吴止的到来，柳雨听特地亲自下厨做了一桌子菜。路蒋易在餐桌上好言好语地将吴止劝服下来多住一段时日，吴止心里欢喜，面上却不显一二。乔一柠最是了解吴止的脾性，便顺水推舟帮着劝说，吴止不出意料地答应了下来，还叮嘱乔一柠多回来看他。

饭后，乔一柠接到妈妈吴芝繁的电话。吴芝繁一听说自己的老父亲在场，忙催着乔一柠换视频。吴芝繁前阵子刚从朋友那儿得到一些养生的方子，说是要给吴止养养身子，中药每天一服，喝一个月就会有所起效。吴止推脱说太麻烦，柳雨听闻言便让乔一柠将方子写下，她之后让家里阿姨准备。

"吴女士，你不会又是听上次那个什么半医说的吧？我可跟你说，他的方子不能信，我之前喝了两个月中药调理身子不也一点用都没有，还不如多吃点白米饭。"

路决闻言，望了过来。

吴芝繁在视频另一端立马否认："不是，这个方子是我朋友给家里的老人试过之后觉得有用才告诉我的。哎，你记着就行。"

乔一柠坐在沙发上耸了耸肩半点不信，但还是拿过纸笔压在支起的膝盖上写字，吴芝繁一边念她一边写，写到第三个药材名时才反应过来。

"妈，你要不直接把你手上的那张纸拍张照发给我，我懒得写了。"

吴芝繁还没应答，乔一柠耳后就传来一道声音将提议否决了。

"没事，您继续念，我让一柠写。"

路决单手撑着沙发靠背俯下身，从后面将乔一柠半抱住。他靠得很近，乔一柠能够察觉到左耳边的热气和身后强烈的压迫感，她面上不显，耳尖倒是悄无声息地红了。她手肘往后撞在路决手臂上："你注意点。"

她本意是指，大家正看着，让他别这么腻腻歪歪。但路决不知道是会错意，还是故意为之，轻轻应了一声，然后将脑袋压在她肩膀上了。

乔一柠："……"

路决的视线顺着她抿紧的唇线往纸上看，她别别扭扭地将方子写好，等吴芝繁的视频电话挂了之后才弓着背，立马往旁边躲了一下，但路决反应很快地抬起了头，没有如她所料那样被吓一跳。

"敢情写的人不是你，你不心疼手是吧？"乔一柠拿笔帽那端指着路决，"你要不给我一个理由，我今晚就压着你写十遍！"

路决凑近她拿过纸张看了看，语气淡淡道："我就想看看，你到底能把字写多丑。"

甜甜的喜欢.
安排

她奋力辩解：“这不是丑，这是特色！好看的字千篇一律，只有我的字，独一无二。”

“想找个一样丑的，确实有点难。”

看看，这说的是人话吗？乔一柠立马凶神恶煞地瞪着他：“咬你啊！”

路决不逗她了，反倒盯着纸张的字迹看。

乔一柠在一旁吃味地说，路决的字或许还不如她。

一个人不可能样样占全吧？总得有那么几个缺点吧？成绩好就算了，字不会也写得好吧？

但路决还真是。

柳雨听说，路决不仅楷体写得好，行书也不赖，他的书法是小时候跟着老先生练的。

乔一柠一拳打在棉花上，但路决看着纸张皱眉的表情太伤害她了，她不争馒头也得争口气。

“那我没练过啊，我练的话，说不定字比你的还好看呢。”

路觉低头看她，半晌，突然笑了：“好。”

乔一柠莫名感受到一阵凉意，警惕地仰头看他：“好什么？”

“看看你的字会不会比我更好，”路决说，“从明天开始我就教你练字。”

[04]

路决说教她练字，乔一柠一开始没当一回事，只当是路老师职业病小小冒出了头尖，不一会儿就会消下去，但哪承想过了好一段时间小头尖都没被摁下去。

乔一柠每晚都得抽出一个半小时的时间练字，作业质量不达标时还得加时训练。但路决并不是让她盲目地临摹字帖，而是从字帖里挑了有代表性的字练，再额外让她写几首小诗。

路决的书房在一楼，跟乔一柠的画室是对门，乔一柠喜欢繁杂拥挤，画室的布置也日渐五彩鲜活起来，同路决的书房简直天差地别。

书房里除了一排长书架之外就只剩一张白色长桌、一张椅子、一台电脑。路决为了监督乔一柠勒令让她只能待在书房里练，乔一柠无法只能从画室里拖了一张椅子过来。

有了椅子这个开端，乔一柠开始无意识地将自己的东西往书房里搬，卡通人物的笔筒、粉色的写字垫板、放糖果的篮子……路决起初还会提醒她放好，后来就不再说了，等结束之后自己再将书房收拾了一遍。

乔一柠今天练的第一首小诗是徐志摩的《偶然》，她从篮子里拿了一颗薄荷糖，边拆边激情地朗诵。

“我是天空里的一片云，偶尔投影在你的波心……”

乔一柠悄悄抬头看对面的路决，路决面无表情地在键盘上敲代码，他今天没戴眼镜，但目光依旧清亮，她边偷瞄边将音调又调高了几度。

“啊！你不必讶异！更无须欢喜！在转瞬间消灭了踪影！咳咳咳——”

乔一柠没收住声，被自己呛住趴在桌上直咳，路决终于将视线从电脑上移开落在她身上。

"没事没事，嗓子扯着了。"乔一柠摆了摆手，趁机讨价还价，"路老师，今天能不能就写一首？我练这么多天了差几首诗也没什么嘛。"

路决将身旁的保温杯拧开后递给她："是没什么，但你今天差几首，明天差几首……还怎么练？"

乔一柠的小心思瞬间被戳破，喝了几口水后立马另辟蹊径："那学习这东西讲究鼓励至上嘛，你起码给我点甜头，别人考试考得好还能有个奖学金作奖励呢。"

路决眉梢带笑："那你想要什么奖励？"

"我想吃薯片。"乔一柠往前凑了凑，支起一根手指晃了晃，"就一包，好不好呀，路老师？"

乔一柠每回撒娇都喊"路老师"，还眯着眼睛笑得特别甜，偏偏路决就吃这一套。

路决抬手将她竖起的手指压回去，彻底妥协："那你自己去橱柜里拿。"

有了薯片加持，乔一柠如有神助。

书房里一直很安静，除了笔纸摩擦的声音就只剩路决敲键盘发出的声响，乔一柠忍不住出声："你小时候练字，老师严不严格啊？"

路决手上没停，回道："还好，就是后期不认真的时候会挨手板。"

乔一柠笔尖一顿，一脸紧张地抬头："这东西传承吗？你不会也要打我手板吧？"

路决偏了偏头，有些好笑地将目光移过去：“不会，我后面练的是书法，有时候走神落笔不稳，先生气不过才打我。”

乔一柠移动椅子离他近了一些，眉间皱着往他手上瞧，显然是将打手板认作是什么难忍的酷刑。

“小可怜儿，疼不疼啊？”

时间太久路决已经不太记得了，乔一柠却突然萌生打破砂锅问到底的精神。

“那写得好的话，他会给你奖励吗？一般教学不都是打一棍子给一颗甜枣吗？”

“那位老先生不兴这个，他认为写得好是应该的，写不好就是失误，犯了错误就该罚。”

乔一柠脸色更难看了：“那你妈妈呢？”

柳雨听在路决小时候其实很少管他，她总说路决是个不会让人操心的孩子，但事实上，他们也没给他犯错的机会。他的童年就像一条精心规划的路，一心按着路走，又怎么会犯错。

路决想了想，委婉道：“我小的时候她还专注事业，很忙。”

乔一柠心里莫名就揪了一下，这么优秀的路决，在人人眼中封神的路决，小时候连一颗甜枣都没有。

她从自己的糖果篮里拿了一颗草莓味的糖球，塞进路决手心里。

乔一柠想了想又把整个糖果篮都放在他手边。

甜甜的喜欢。
安排

她的声音软软的，带着哄人玩的心思：“没关系，我给你糖吃。”

乔一柠的想法特别单纯，她心里觉得难受，她觉得心疼，所以她把手边的糖尽数给了对方。她甚至没有考虑，事情过去那么多年，路决是不是仍旧需要这颗糖。

但就是她直接又纯粹的行为，毫无预兆地将平时不善显现心思的人戳了一下。

路决拿着糖的手指不自觉地弯了弯，随后才握紧了。乔一柠趁着这会儿时间又从篮子里挑了一颗牛奶味的软糖，拆了送进他嘴里。

路决不爱吃糖，但乔一柠送到他嘴里的糖，好像和以往的糖不一样，很甜但不腻，就跟她的人一样。

少年时，他除了上各类补习班之外，还要去其他兴趣班。他的生活很满，没有奖励，没人安慰，受了批评挨了打，或许起初还会有些难受，但时间一长就忘了。他能够理解父母，所以他从来没要求过什么。

但是他现在发现，过去了那么多年，其实他还是在意那一颗，没有得到的糖。

乔一柠见路决没有反应，忍不住问：“不甜吗？”

路决冲她勾了勾手指。

乔一柠手撑在桌上，往路决的方向凑过去。路决侧过身，两人之间的距离瞬间只剩半米，路决的视线从她的眼睛处往鼻尖下方看了看，呼吸声瞬间加重。

乔一柠微张着嘴刚要问，路决的五官突然在她的眼中瞬间放大，下颌被人捏住往上抬了抬，冰凉的吻刹那就落在她唇上，力度很大，她感觉自己的下颌都有些疼。

乔一柠的脑袋里像飞驰而过一辆火车，轰隆隆的，吵得不停。然后她就察觉到路决柔软的舌尖在退出来时轻轻地舔了她一下，她的心跳便也开始吵个不停。

路决移开一些，神色愉悦地将拇指按在她嘴角，擦掉了沾在上面的水光。

他的声音又沉又哑："你自己尝尝不就知道了。"

乔一柠呆愣愣的，没忍住压了压嘴角，下一秒却疼得抽了一口气。

她拿起手机照着自己的嘴角看了看，发现唇上有一道细小的口子。

路决怎么还连亲带咬的！

路决当时没控制住力度，这会儿才有些后悔："疼不疼？"

乔一柠平时最怕疼了，饶是个小伤口也恨不得哼哼唧唧大半天，现下便毫不犹豫地说："你自己试试不就知道疼不疼了。"

路决看着她，没说话，但眼里压着笑意。

乔一柠反应过来脸一红，拿了桌上揉成团的废纸砸他身上。

学神从今日起改名叫流氓算了！

[05]

乔一柠昨晚放话说隔天早上要给路决做早餐。

甜甜的喜欢.
安排

但今早她被路决叫醒后又委屈巴巴着不搭话，睡眼惺忪地摸索着往卫生间走，路决怕她没睡醒磕着碰着只好跟在后面。

乔一柠站在洗手台前用力闭了闭眼才缓缓睁开，刚缓了一口气就看见镜子里头发蓬乱，刘海四翘的自己以及——靠在门边正看着她的路决。

乔一柠扒拉了两下头发，眼神非常哀怨。

乔一柠换好衣服下去，路决已经做好了番茄鸡蛋面，正坐在一边等她。

不知道是不是昨晚受凉了，路决出门之前嗓子一阵发痒，连着咳嗽了好一会儿，再开口时，嗓子里像裹着砂砾，又干又哑。路决不以为意，但是乔一柠怕他难受，硬是压着他吃药。乔一柠也是这时候才知道，看起来无所不能，无所畏惧的路决，怕吃药。

乔一柠在车上笑了他整整半个小时，还趁机挖掘对方的糗事。路决虽然觉得难堪，但架不住对方撒娇，还真说了几件他孩童时的黑历史。

临近下车时，乔一柠还在笑。

路决停好车探身去抓她，她反抗了两下，突然愣在原地，连忙催着路决和她一块下车。

顾枝枝捏着豆浆杯，冲乔一柠使眼色，而关迟的表情就直接多了，视线若有似无地落在路决身上，询问的意思很明显。

乔一柠正苦恼怎么摆脱关迟的纠缠，不想机会直接撞上门。历史总是惊人的相似，不过这一次路决是她的合法丈夫，她倒是不用像上次遇见“徐妖怪”一样小心翼翼。

路决的神色一直淡淡的，只在乔一柠拉过他的手时，讶异了一下。

乔一柠一向不喜欢在外人面前和他太亲近，说是显得她特别“恋爱脑”，之前还和路决商量说，在外人面前要帮她营造一种，她独立坚韧、一心专注事业的女强人形象。

“给大家介绍一下，”乔一柠手心往下滑，顺着手腕下去直接和路决十指相扣，“我先生，路决。”

乔一柠之前很少让路决送她来工作室，而她跟顾枝枝待在一块的时候也很少涉及家庭的问题，她这会儿才察觉到，她一直忘记告诉顾枝枝，她其实已经结婚了。

所以顾枝枝一冲她眨眼睛，她就知道对方误会了。

顾枝枝确实误会了，她以为乔一柠雇了个托，来击退关迟。

所以她自以为配合地笑着和路决问好，抽空又对乔一柠眨了一下眼。

乔一柠：“……”

虽然关迟脸色有些僵，但也半信半疑地冲路决点了头。

等路决开车离开后，顾枝枝才“啧啧”称奇地将乔一柠拉到一边。

顾枝枝：“你老实说，你从哪个人才市场雇来的人？开辉腾，还长得帅，一小时多少钱？要押金吗？”

乔一柠哭笑不得：“不用押金。”

顾枝枝一喜。

乔一柠笑着进公司：“到民政局领个证就行。”

甜甜的喜欢，
安排

顾枝枝一愣，猛地一回头：“你真结婚了啊？”

乔一柠乐得不行，回到座位边等电脑开机边刷朋友圈。她的朋友圈五花八门，各种旅游、活动、吐槽、晒图的都有。

她很少发朋友圈，倒是钟怡遥喜欢将各种生活碎片分享告知，但今天刷了一圈下来都没看见钟怡遥的足迹，她不免觉得奇怪，特地点开了钟怡遥的朋友圈看了一眼，最近一条动态已经是三天前了。

乔一柠手指飞快地退出，发了个表情包给钟怡遥，钟怡遥不知道是不是在忙没及时回。她又退了出来，百无聊赖地继续刷朋友圈，这一刷就看到了林简的朋友圈。

自从上次乔一柠和林简加了好友之后，他们只在一块玩过三次游戏，平时完全没聊天。但即使不聊天，乔一柠也能知道他一天到晚在干吗。

林简和钟怡遥是一个属性，在朋友圈独占一方天地，一天能有六七条动态，仅次于乔一柠朋友圈里喊着“特价打折清仓”的微商。

几分钟前，他刚发了一条动态，配图是阶梯教室里乌泱泱的人头，上面写着：

为什么今天乖乖上课的同学格外多呢？

因为今天有路老师。（微笑）

乔一柠乐不可支，刚想评论，脑内灵光忽闪，直接退出了朋友圈的界面，单聊了林简。

西行大学，阶梯教室。

路决刚踏进教室就听到一阵喧嚣，阶梯中间挤了一群学生，正一人一句嚷嚷着什么。他没细听，估摸着是关于学院的趣事。他站上讲台边开多媒体设备边等人群安静下来。

最后是林简从人群缝隙里瞄见了路决，立马喊了一声“路老师来了”。

人群静了一秒，刹那沸腾，林简的声音就像一点火光，瞬间炸起了众人的好奇心。

路决皱了皱眉，觉得事情不太对。

靠边的一位同学大着胆子问：“路老师，你今天嗓子不舒服吗？”

路决一愣，“嗯”了一声：“怎么突然这么问？”

学生们笑成一团，哀号声悠远：“师母一大早就给我们撒狗粮了！”

路决不解，还是林简三步并作两步跑到他面前，将手机界面往他眼前一送。

因为起哄声，林简的胆子也大了不少：“路老师，你品品，你仔细品品！这还不是狗粮吗？”

路决视线一扫，手机屏幕上是林简和乔一柠的聊天记录，就在几分钟前。

乔一柠的话简单又直接，只有一句。

一颗柠檬：你们路老师今天嗓子不舒服，你们乖点，算替我照顾他。

路决笑了笑，过了会儿突然眉间一皱，偏头问：“你怎么有她的微信？”

林简大惊失色，立马举旗投降：“上次加的，我们一块玩游戏来着，

甜甜的喜欢。
安排

除了玩游戏什么都没聊过！”林简都快把脑袋摇晃出去，嘴上仍在解释，“连点赞之交都算不上！不然我删了？”

“留着吧。”路决低头看电脑，见林简没走，才勾唇看他一眼，“不上课？”

林简立马逃回座位上。

那天西行大学的“八卦小喇叭”网站上，关于路老师的事迹又添上了浓墨重彩的一笔，其中关于他心情颇好，免扣迟到的学生学分一事最是引人唏嘘。而乔一柠在毫不知情的情况下，变成了众学生顶礼膜拜的吉祥物。

[06]

路决下班来接乔一柠时，顺道去了一趟苏邻的计算机研究所。

西行大学和计算机研究所将有一场共建合作，说是为了推进高新产业应用型人才的培养，推动学院信息技术产教融合……乔一柠听不明白，路决的一番话在她脑子里最后只剩“西行大学和计算机研究所合作”这几个字。

为了体现学校诚挚求合作的心，教研组的组长让路决亲自跑一趟，将资料送给计算机研究所的所长钟移。

组长在众多计算机系的老师当中，选择路决的原因很简单，因为路决和钟移认识。

路决当年就读的大学是国内的名牌学府，他就读的计算机专业更是人才济济，精英遍布。但他想法独到，聪慧又机敏，最难得的是不骄不躁，有耐心，在当时一众硕博连读的人才里脱颖而出被系院的教授看中，收为关门弟子。

该教授的朋友，也就是钟移，在苏邻计算机研究所当所长，一直想让路决毕业后去他的研究所，但没想到路决去当了一名大学老师。

钟老先生一时气急，还打电话骂了路决一顿。但路决本就话少，即便被骂也硬受着，左右都是那句“谢谢您的抬爱”，钟老被气得差点违背自己的本心，在学生的阻拦下还嚷着要黑了路决的博士毕业论文。

所以乔一柠一路上都非常担忧，怕自己被连坐。钟老喜爱路决，下手肯定有顾虑，她一个学渣，估计钟老挥刀的时候都不屑于喷酒祭刀。

乔一柠的脖子一阵发凉，进研究所的时候颤颤巍巍地躲在路决身后。

苏邻计算机研究所是国内有名的立科研究所的分所，乔一柠大学时，连西行计院的地都没踏过，更别说是来计算机研究所参观。她一路上既新奇又忐忑，总觉得像是学渣误入学霸殿堂，稍不注意就被捉拿驱逐。

计算机研究所比她想象中的还要大，除了授课的教学楼、食堂、实验室、会议室、多媒体教室之外，还在右侧的大楼专门设了棋牌室、健身房、羽毛球馆等娱乐设施。但路决显然没有要带乔一柠往那边走的意思，他从大门一路往实验室大厅走。

大厅正中央是一个滚动的 LED 屏，上面写着关于这所计算机研究所的历史，旁边还有一个展板，上面有一个研究所的小地图以及关于实验室的一些介绍。

乔一柠越往下看，脑袋越乱，感觉眼睛里都是“硬件”“网络”“数

甜甜的喜欢，
安排

据通路设计”“内存”，看起来都认识，合在一起都不认识。

除此之外，大厅就只剩一侧设有前台，里面的高椅上坐了一个高高瘦瘦的男生正在看书，对方余光瞄见路决时立马从高椅上跳下。

“路师兄，你来找钟老师吗？”

路决“嗯”了一声，抬手从一旁的笔筒里拿了一支笔，正准备往登记本上写字，小师弟立马抬手拦了一下。

“哎哎哎，师兄，你刷脸就行了，信息一会儿我帮你补上。不过老师今天没在，他出去办事了。”

乔一柠眼见这小师弟眼冒星光，就知道这人是路决的小迷弟无疑了。

小师弟转头注意到路决身后的乔一柠，视线在乔一柠和路决牵着的手上转了转，脸上的表情又惊又喜。

乔一柠对这表情太熟悉了，她每一回看娱乐圈八卦的时候，都是这副模样。

乔一柠把自己的手从路决手里抽出，冲他笑了笑：“你好呀。”

路决低头看了一眼自己空荡荡的手。

乔一柠眼睛很大，弯眼笑起来时眸中带光，可爱的虎牙藏在唇齿间，若隐若现。

小师弟愣了两秒突然脸红了，支支吾吾地点了点头：“你好，你好。”

乔一柠走远了一些，才问：“所里是不是女生不多？我刚就对他笑了一下，他脸立马红了，我第一次看到有人脸红成那样。”

路决脚步不停，往长廊的左侧走过去："所里的女生确实不多，但他脸红不红跟所里的女生多不多没有关系。"

是你笑得太甜了。

路决暗自补了一句，有些无奈地去牵乔一柠的手。

路决的手心总是很凉，放在夏天，完全就是行走的小冰块。乔一柠自然乐意和他手牵手，但心里又觉得所里有很多路决的熟人，她不好表现得太黏着他。

所以她握了一会儿就作势要抽离……但没抽出来。

路决握紧她的手，目光冷冷地看她："你再抽一下试试？"

乔一柠用硬气的口气说最㞞的话："不抽！给多少钱我都不抽！"

钟老不在，路决只好把资料交给所里的副所长，又给钟老打了电话。乔一柠当时正好奇地在一号实验室看 mini 版机器人的模型，远远就听见走廊里传来钟老的怒吼，他质问路决是不是专门挑他不在的日子来所里。

乔一柠都替路决感到冤，但她也能明白钟老的心情，毕竟他失去的不仅仅是一个学生，还是一个叫路决的学生。

旁边刚敲完电脑起身的胖学弟，一副司空见惯的表情安慰乔一柠："钟老就这样，刀子嘴豆腐心，他心里不知道多疼路师兄。前阵子和另一个所开交流会，他还想着带路师兄一起去。"

乔一柠坐在旋转椅上，好奇地问："那你们就不会……有什么想法吗？"

胖师弟立马摆手否认，笑着说："怎么可能！我们都很尊重路师兄，

甜甜的喜欢，安排

当初我能进所里，他帮了不少忙。他看着不好接近，但只要是合理请求，他都会帮忙的。”

他指了指脑袋：“在我们这里，凭的是这个，他确实是人中翘楚。”

他大概是难得找到一个对路决大学的往事不太了解的人，当机立断就给乔一柠补起了课。比如路决大学时拿的那些奖，比如路决在国际期刊上发表了多少论文，比如路决敢于和导师据理力争，比如路决义正词严地拒绝别人的追求。

乔一柠对前面的事情都不感兴趣，但最后一条深深地吸引了她，眼睛噌地就亮了。

胖师弟也非常上道，将路决那些年遇见的告白，事无巨细地都告诉了她。

乔一柠听到路决为了婉拒一个百般纠缠的女生，连“性冷淡”的借口都用上时，笑得差点从椅子上摔下来。

路决听到声响走进来，胖师弟立马就找借口遁逃了，只剩乔一柠扶着椅子，忍俊不禁地看着他。

路决扫了眼胖师弟逃窜的背影，心下了然。这个师弟大学时在新闻中心待过，当时还将他的花边新闻写到公众号里，但没用真名，也没造成什么影响，路决便没管。

路决绕到乔一柠身后，用密码打开了一个高大的储藏柜，从里面搬了一个只有半米高的小机器人出来。

小机器人脑袋上还顶着一朵云朵状的帽子，圆润的身躯里伸出两只细长的手臂，周身雪白，只有肚子上有一朵浅蓝色小花。路决按了一下它背后的开关，机器人的眼睛瞬间亮起红灯，它肚子上有一个显示屏，闪着绿色线条。

乔一柠从路决拿出机器人的那刻，就完全愣住了。因为这个机器人她见过，是她有一次无聊时，在绘画板上画着玩的一个人物。

路决指了指绿色线条：“这个代表电量，当绿色变成红色时就是提醒你需要充电，到时候它也会语音提醒你。”

路决在它耳后按了一下，小机器人的眼睛便忽闪了一下。他示意乔一柠靠近一些：“你对它说句话。”

乔一柠新奇地凑上前，蹲下身兴奋地拉住了它的小小手掌：“你好呀。”

机器人脑袋一抬，将眼睛对准了她，大眼睛变成两道月牙，机械声中带着童音：“你好呀，乔一柠姐姐。”

乔一柠的整颗心都被萌翻了，她惊讶地抬头看路决：“它怎么认识我？”

“我往它的程序里添加了我们的照片，它会根据照片识人。”

“那它叫什么？”

“你决定。”

乔一柠跳起来去抱路决，心里像喝了蜜糖一样甜：“送我的？”

“嗯。”路决捏了捏她的脸，“我有时候会晚回，它可以陪着你。”

机器人机械地动了动，底下的小滑轮滚动到乔一柠脚下，伸手抱住了她的小腿。

甜甜的喜欢，
安排

乔一柠的整个心都飘在云里了，路决说是怕她无聊，其实是想要安抚她。

有一次，路决加班晚归，家楼下的大汉醉酒敲错了门，乔一柠被对方凶狠的架势吓得脸一下白了，躲到房间里战战兢兢地给路决打电话。

虽然事后路决押着大汉上来道歉了，但她每到深夜，一个人待着时还是会害怕。她并不知道路决一直将这件事放在心上，甚至为她创造了一个属于她的机器人。

乔一柠太喜欢了，直接踮脚去亲了亲路决："我很喜欢。"

机器人立马"哎呀"一声害羞地转过了身。

乔一柠抱着它跟路决下楼梯，因为太激动，脚下差点踩空，还好路决及时扶住了她，生气之余再不许她只顾着看糖球不看路了。

糖球，是乔一柠刚才给机器人取的名字。

乔一柠上车时才依依不舍地将糖球放到后座，她边扣好安全带边问："今天是什么节日呀？"

她刚想了一通，实在没想出今天是什么节日，需要送礼物。

路决倒好车，驰向公路："不是什么节日。"

乔一柠转头看着他。

路决目视前方，右手却伸过去覆在她手上，蹭了蹭："只是想送你。"

不会只在节日时送她礼物，也不会因为节日才送她礼物。

这和他的喜欢是一样的。

第六章

财产归你，我也归你

[01]

乔一柠将半开的阳台门关上，转身给钟怡遥盖被子。钟怡遥歪歪斜斜地倒在床上，嘴上含混不清地说着醉话。乔一柠好不容易将她摆正又盖好被子，下一秒就被她掀开，乔一柠捏着两边被子直接压在她肩膀两边。

“听话，好好盖着被子，睡一觉就好了。”

钟怡遥的眼睛又红又肿，眼神涣散地抓着乔一柠的手：“睡一觉就会好吗？”

乔一柠轻声哄她：“嗯，睡一觉就好了。”

钟怡遥垂下眼，松开了握紧的手，蹭着枕头

往下移了移，在闭上眼睛之前又抬头看乔一柠，真诚发问：“你爱我吗？”

乔一柠又想笑又心疼：“爱爱爱。”

“有多爱？”

乔一柠随口一说：“月亮有多亮我就有多爱。”

钟怡遥想了一下，委屈道：“那你不是最爱我，太阳比月亮亮。”

乔一柠被气笑了，钟怡遥每回喝醉都黏人又难缠，但所幸她没再继续，一边嘀嘀咕咕地说要看看太阳是谁，一边将脑袋缩进被子里。

房间里只有乔一柠方才打开的一盏小夜灯，暖黄色的光落在她微湿的睫羽上，在眼底投下一小块阴影。她的呼吸声又短又重，眉间还皱着，显然睡着也觉得不安心。

钟怡遥失恋的样子，乔一柠其实看过很多次。钟怡遥对于爱情总是向往多过担忧，她永远忠于自己的感受，每一次谈恋爱都是毫无保留地将自己的真心奉上。她保持着纯粹爱人的勇气，但她总是遇人不淑。

许直想结婚，钟怡遥想再等一等，于是许直就听从家里的安排去跟另一个想结婚的女生试试看。

有些荒唐、有些残忍，但又很难说清对错。

乔一柠告别钟阿姨下楼时正好接到路决的电话，路决的声音有些散，夹杂着呼呼的风声。

这会儿刚过九点，小区花坛边的座椅上还有人在聊天，壁灯的光不太亮，月光将树影拖长沿着台阶下落。树下站着一个人正背对着她。

乔一柠刚下了两级台阶，动作倏忽放慢，这人看着有点眼熟啊。

她回头，试探地喊了一声：“江耐？”

江耐转过身，脸上难得有些慌：“姐。”

乔一柠走近他，狐疑地看了看：“你怎么在这里？”

江耐住的地方可不在这附近。

江耐将手揣在兜里，目光偏了一些落在旁边的花坛上，心虚道：“我看到钟怡遥的朋友圈……她好像心情不太好。”

钟怡遥两个小时前在朋友圈里发了一张大哭的表情包。

乔一柠摆手：“哦，没事，就是失恋了。”

江耐闻言皱眉，担心地问：“怎么突然分手？对方做什么了？”

乔一柠刚想解释，转瞬又反应过来，笑道：“为什么你一口咬定是对方做了什么？就不能是钟怡遥做了什么？”

江耐被噎了一口，但没找到可以解释的话，索性沉默。

乔一柠那条粗壮的神经终于察觉到什么，剧烈地跳动了两下。

“你就因为看到钟怡遥的朋友圈，知道她心情不好就来楼下等着？”

江耐的眼神有些躲闪，但依旧诚实地“嗯”了一声。

“你怎么不给她打电话？”

“不合适。”

“现在合适了。”乔一柠笑了笑，一眼看穿，“人家分手了。”

江耐快速地看了她一眼，四目相对，一个笑意盈盈，一个紧张局促。

乔一柠拍了拍他的肩膀，不再逗他：“她刚睡下呢，你早点回去吧。”

江耐往前走了一步：“姐，我送你回去。”

“不用。”乔一柠脚步不停，她一个有家室的人，哪需要弟弟送回家啊，“你姐夫来接我！”

乔一柠以前从未往那方面想，她以为江耐对着钟怡遥脸红，坚持喊钟怡遥的名字，是因为钟怡遥喜欢调戏他，他没把钟怡遥当姐姐……哦，他也确实不想当钟怡遥的弟弟。

现在看来，以前江耐喜欢跟在她身后，到底是因为喜欢跟着她，还是因为跟着她……可以见到钟怡遥？

路决靠着黑色车身等乔一柠。小区门口两边各立一盏壁灯，光源有些暗淡。路决穿着墨绿色风衣，身姿挺拔，眉目冷峻。金漆铁门被缓缓推开，一个女孩从门缝里探出了半边身子往左右张望，他眉梢放松下来，抬脚往前走去。

乔一柠乱瞟的眼神终于落在路决身上，她搓着手往前走，一边哈气一边吐槽：“天气预报不是说今天升温吗……你给我带衣服了？”

路决将手肘上的衣服抖开，披在乔一柠身上。乔一柠借着他的动作将两只手往袖子里一伸，他垂下眼帮她整理衣领。

乔一柠又娇又俏地说：“我家路老师是贴心的小棉袄……哦，不，是军大衣！”

路决抬了抬眼，片刻后笑意又顺着眼角落下去：“她还好吗？”

“哎，没事，等明天她醒来就满血复活了，不为渣男浪费时间，是钟怡遥一贯的准则。”

路决帮乔一柠整理好衣领，收回手时凑近她脖颈闻了闻：“喝酒了？”

乔一柠一惊，低头嗅了嗅，又抬起手摸脖子：“我没喝，倒是钟怡遥喝了不少,刚才我扶她上床的时候,她亲了我两口,难道,那时候染上味了？”

乔一柠使劲闻了几下，没闻出酒味倒是闻到路决身上隐隐的椰子檀香味，她屈起食指摸了摸鼻尖，还怪好闻的。

路决闻言，语气低了一些：“亲你？”

“她喝醉后就喜欢表心意，诉衷情，可脆弱了。”乔一柠抬头却迎上路决神色不明的目光，她舔了舔唇，难以置信地看着对方，“不是，钟怡遥是我姐妹。”

路决不为所动。

“她是女的！”

路决点了点头：“我知道。”

“那你还一脸……”

“女生又如何。”路决回了一句。

乔一柠看着他严肃的脸，笑着竖起拇指：“我服了，你该不会是陈醋泡大的吧？你这么会吃醋，不会把自己的牙酸掉吗？”

大概是夜色深，四周人影稀少，路决难得没皮没脸一回：“你亲一下就好了。”

甜甜的喜欢，
安排

乔一柠看了他两秒，还真就踮脚亲了一口。

[02]

钟怡遥家偏郊区，与之前他们曾去给吴止拿中药的中医馆是同一个方向，乔一柠向来不认路，等车身从大道拐进小路，余光瞥见路口的指示牌时才反应过来。

“我们去中医馆？”乔一柠狐疑，“去干吗？”

“今天是外公的最后一帖药了，爷爷让我来重新拿药。”路决一顿，偏了偏头，视线透过镜片扫过去，落在乔一柠松了一口气的脸上，“顺便让老中医给你看看。”

乔一柠一僵，两秒后才指了指自己：“我？我看什么？我身体非常健康！”

路决看着前方，手心贴着方向盘转了半圈，将车停在一家不太起眼的中医馆门前。

“上次你不是说，你喝了两个月中药调理身体，但没作用？让先生再看看。”路决说。

“上次？什么时候？”

“写方子那次。”

乔一柠抓着安全带，因为震惊眼睛比平时看着还大。那次吴芝繁拿了方子要给吴止调养身体，她质疑方子的来源，不过随口一说，路决竟然记住了？他的脑容量这么大的吗？

路决熄火下车，绕到副驾驶的位置，帮她拉开车门。乔一柠一想到那些苦不堪言的药汤，嘴里就一阵发涩。但路决的态度很坚定，大有她不下车，他就陪她站一晚的意思。

乔一柠磨磨蹭蹭地解开安全带下车，心有不甘地发问：“路老师，你的脑子是不是什么都记啊，那样不会造成交通拥堵吗？”

路决替她关上车门，语气淡淡：“我也不是什么都记。”

乔一柠撇着嘴，正想吐槽，路决却快她一步上前推开玻璃门，转身撑着门让她先进去。

“我上心的，才记着。”

这家中医馆的位置并不显眼，但名气一直很大。馆内平时只有一位老中医和他刚上高中的小孙女，屋内的陈设十分简洁，一张长桌、几把椅子、一个玻璃柜台、占了整整一面墙的药斗子。药斗子很陈旧，边角还擦破不少木料，一排一排的小格子上写着药材名，字迹有些乱，乔一柠认真辨认也只认出一些笔画简单的中药名。

小女孩在一旁整理药材，身旁还站着一位青年，对方个子很高，白衬衫挽到手肘，侧脸有些眼熟。

乔一柠随手在药篮里捏了一片中药闻了闻，正想借机走过去看清对方的脸，对方就似有所觉，偏过了头。

“哎哟，好久不见啊。”温瑞康扬眉露齿，显然既意外又开心，“见

甜甜的喜欢.
安排

嫂子一面可太难了。”

乔一柠平时不爱跟路决出去，所以见路决朋友的机会很少，但她一直知道路决和温瑞康关系好，现下也不生气，反倒有意抱怨：“他平时不愿意带我啊。”

乔一柠刚说完，头顶就被路决轻轻敲了一下。

“明明是你懒。”

乔一柠一脸无辜地收声，大有“你快看，他还打我”的架势。

温瑞康看了看路决又看了看她，低声骂了一句：“我招谁惹谁了，大晚上让我看这个！”

老中医是温瑞康的舅姥爷，今天馆里进药材忙不过来，老中医便喊温瑞康来帮忙。

难怪这么晚医馆还敞着门，估计是路决提前和温瑞康打了招呼。

老中医从后院抱了一大包原药材进来，转手塞到温瑞康怀里，让他到器材房剪切成小小的一截。

温瑞康拉着路决一块帮忙，路决迟疑地看了乔一柠一眼。

温瑞康立马翻白眼：“我舅姥爷又不会吃了她，你担心什么？”

路决大概也是不好意思，没再回头。乔一柠坐在木凳上，自觉地伸出手往长桌上一放，老中医微凉的指尖落在她手腕处按了按，抬头看了看她，又轻声问了几句，不过片刻就起身去抓药了。

“阳虚，内寒，问题不大。”

大概是出于习惯，他会小声地将药材的用处说出声。他的语气很慢，说到某种药材时还会多讲几句。

路决出来时，老中医正好在交代注意事项，乔一柠刚听了两句，路决就上前让老中医告诉他就行。

“她记不住那么多。”

假装什么都记住了，但实际脑袋一片混乱的乔一柠：“……”

她只是脑袋的内存小，她做错什么了？为什么要这么残忍？

房内器械的声音悠悠传来，乔一柠心生好奇，这会儿路决在和老中医说话，显然也用不上她，她思考不过两秒，转身就进了器材室。

温瑞康倒是不惊讶，还指责路决丧心病狂，恨不得拿把尺子将每一截药材的长短丈量清楚。

“你怎么受得了他？”温瑞康摇头。

乔一柠捏着一截药材闻了闻，立马想起一件事：“这算轻的，起码他不会真量，但他逼我练字那可是实打实的训练，还只能在他眼底子底下练，我自打初中开始就没被压着练字了。”

温瑞康笑得不怀好意：“那还不容易，你冲他撒撒娇，他肯定放过你。”

“我可是有骨气的人！”乔一柠终于找到人吐槽，撩起衣袖就愤愤道，“他还说我的字跟八爪鱼写的一样，你听听这说的是人话吗！”

温瑞康笑倒在一边，开始控诉这么多年来，他在路决嘴下都受了哪些苦，两人越说越起劲，大有要揭竿而起的气势。

“不过他嫌我字丑是真的，嫌你字丑是情趣，不然高中那会儿，他就不会把你写的字条收集起来了。”

温瑞康不愧是路决的好兄弟，关键时刻还记得给他找补。

乔一柠正捏着一截药材闻着，闻言满腹狐疑：“什么字条？”

温瑞康提起装药材的篮子：“你写给他的字条啊！浅黄色的方形便利贴，啧！偏要我说明，这年头狗粮还得我自助……不说了，我得先把药材弄好。”

温瑞康一副深受折磨的模样走出器材室。乔一柠站在原地愣了一会儿，平时迟钝又运转缓慢的脑袋突然变得异常灵敏。

她确信，她没有给路决写过任何一张字条，但凡有一张，她都不至于将路决忘得一干二净。

两人一旦有了联系，就不会只是单方面的记忆，更何况是她主动。

但浅黄色的方形便利贴，她见过，在路决书房的书架上的木盒里，和他们的结婚证放在一块。

但那天她急于拿结婚证拍照，在微博上晒图，只匆匆扫了一眼，并未窥探到一字一句。

里面……会写着什么？是谁写的？路决为什么留着它？

乔一柠脑内的疑惑像腾空而起的藤蔓，密密麻麻扎成一团。等听见房外的声响她才反应过来，手心都冒汗了。

路决的身影出现在她眼前，目光依旧专注地落在她身上：“怎么了？”

他的眼眸黑黑沉沉，明明深邃，眼波的温柔却清晰可见。

在喜欢我之前，你也喜欢过别人吗？

在看着我之前，这双眼睛也这样看过别人吗？

乔一柠心里一阵酸涩，过了会儿才闷声说：“没事……”

[03]

从中医馆回来之后，因为路决放心不下，又拉着乔一柠去了一趟医院做体检。这一轮折腾下来，乔一柠忘性大，一下子就把之前那点酸涩心情抛掷脑后了。

体检报告里，乔一柠有一些小毛病，但唯一需要注意的是，她缺乏锻炼而且缺钙。

于是，医生给她开了一堆钙片。

一开始这个钙片体积很小，半个指甲盖的大小，仅味道有点怪。

乔一柠一向抵触药剂、药片，吃了一次，接下来就卖惨说这个药有多么苦多么苦，吞药都闹出了视死如归的架势。

看不下去的路决，隔天就去买了一瓶草莓味的钙片。

味道是甜的，个头却是原先钙片的两倍。

乔一柠捏着一块浅粉色的“巨无霸”钙片：“路老师，你觉得这合适吗？”

路决看着她，笑得很“温柔”：“不是你自己嫌弃之前的钙片太苦吗？这个甜。”

甜甜的喜欢，
安排

乔一柠：眼泪默默地在心里流。

路决对乔一柠向来纵容，哪怕有所不满，只要她软声软语几句，他大概率会败下阵来。但这一次关乎乔一柠的健康，他非常细致入微且……铁面无私。

本来，路决有晨跑的习惯，乔一柠起得晚。一般路决跑步回来，重新洗了澡之后，她才会慢吞吞地清醒，拥抱今天的太阳。

于是，除了吃钙片，路决非要拉着她一起晨跑。乔一柠每天都在床上垂死挣扎，想着法子想逃了“晨训”，但都会被路决拉起来。

夏天燥热，一出空调房浑身都热气腾腾，乔一柠每次跑步结束，都靠冰可乐续命。路决面上什么都没说，背地里却将冰箱里的可乐清空了。

更丧心病狂的是，有一次乔一柠去公司前，倒满了一保温杯的冰水。到了公司，她发现保温杯里的冰水变成了牛奶……还是高钙牛奶。

这天，自觉自己已经养生够了的乔一柠爆发了。

“你看看你！你对我多狠！”她的眼睛瞪得特圆，气鼓鼓地叉着腰。

路决没法继续看书只能将手里的书合上，偏过头看她。

霎时，乔一柠变了，她可怜兮兮地扑了过去，一把抱住了他的腰。

乔一柠一开口就哭哭啼啼：“路老师！我真的太饿了！我饿得脑袋疼，我胃里空荡荡的，都晃出唢呐声了。人体内要是缺少碳水化合物会心情抑郁的，这更不利于我的身心健康啊……你让我点外卖好不好？”

路决刚想开口拒绝。

乔一柠就毫不犹豫地亲了亲他。

路决：要坚定……

路决咳嗽了一声。

乔一柠凑上前，又亲了他一口。

路决的“坚定”轰然坍塌了：“点吧……”

路决被缠得没有办法，只能无奈答应。但他没想到他这一次的纵容，让乔一柠受罪了一场。

当晚吃的是火锅，大概是因为乔一柠太久没吃辣，肠胃一下受不了，半夜就因为肠胃炎进医院打点滴了。原本路决一肚子的气，可看着她恹恹的神色，又不忍责怪，只能全程陪着她。

医院里人来人往，脚步匆匆，长廊上的灯又亮又清冷。乔一柠靠在路决肩上睡醒时，手背上的针已经拔掉了。止住了血的手背，有一小块青紫和细小的针孔。路决不知道她已经睁开了眼，用食指动作很轻地一圈一圈绕着伤处转。乔一柠感受到有轻微的风落下来，是路决在往她手上吹。

那风似吹进她心里一样，卷起了一整个春天。

她重新闭上眼，心里像被安抚了一样，连难受也退散了。她突然希望这一刻能够保持得再久一些，所有的温柔与爱意都能走得慢一点。

隔天，乔一柠精神饱满地起床画稿。大概是念在她小病初愈，上天往她怀里砸了巨大的惊喜——她的海报通过了审核，被选中作为《游梦》动画电影的宣传海报了。

她挂掉电话，第一时间就给路决打了电话。

路决正在会议室开会，因着乔一柠连打了两个电话，他有些担心，第一次在会议中离席了。众人都觉得诧异，倒是路昀一脸见怪不怪地继续开会。

乔一柠给路决打电话，完全是下意识的行为。在她看来，好消息要分享给最爱的人，所以第一个就打给了路决。她激动亢奋地讲到一半时，忽然意识到路决在公司里，立刻将电话挂了。

拿着手机，一字未说的路决，哑然失笑，重新回到会议室。

但那天，工作室的全体成员都发现，平时最是清冷的路决，竟然眼眸含笑了一整天。

不过，很快乔一柠就笑不出来了。因为回到家的她，在路决背包里发现了一条女式丝绸方巾，上面沾染上的香水味，她还很熟悉。

乔一柠和路决去小公园跑步时，就撞见过喷这种香水的人。

那人是路决的学生，黄妍宁。

“冷玫瑰调的。”乔一柠语气不善地捏着方巾的一个角，仿佛手指多沾上一些香水就会中毒似的，将小方巾拿得远远的，“哪个学生送你的？”

路决靠近她，作势要抱她。

乔一柠立即往后一退：“现在是审讯时间，你别给我来这套，快说！”

路决语气淡淡：“黄妍宁。”

乔一柠顿时气急，果然是她！先前黄妍宁时不时给路决发语音问问题，去小公园假装偶遇路决时她就知道，这人不怀好心！老话说宁拆一座庙，不毁一桩婚。黄妍宁这是要把她的庙顶都炸了啊！这个无耻小绿人！

路决从书房的架子上拿了一个盒子下来，转手放在书桌上。

“那次晨跑你不是嘀咕着说她身上的香水好闻吗？今天我突然想起来，就准备给你买。本来只想问她香水的牌子，但她说记不清了，转手拿了这条方巾给我，说早上她刚往上面喷了香水，拿去柜台一问就知道。”

乔一柠瞪大眼，感觉自己快被路决的天真气得两腿一蹬：“这么拙劣的借口你也信，她分明是故意的！”

路决眉间蹙着，显然才反应过来：“我当时没想那么多。”

人家段位高，你个“不锈钢”没反应过来也正常。

乔一柠腹诽一句，看了眼盒子，嫌弃之情溢于言表：“我不想和她拥有一样的香水。”

路决顺着她：“那就不要了，重新给你买。”

乔一柠又扫了一眼方巾：“我不想看见它。”

“那就丢了。”路决转身将方巾扔进垃圾桶。

乔一柠终于满意了。

路决抬手压了压她的头顶：“不生气了吧？”

“嗯。”乔一柠笑得有些调皮，“原来是买香水，我还以为你出轨了。”

路决与她对视，声音淡淡道：“你之前不是一直希望我出轨，然后和我离婚拿财产吗？怎么这下又生气了？”

甜甜的喜欢，
安排

他刚洗完澡，没有戴眼镜，半湿的头发看着有些软，但目光沉沉，一点都不温和，压迫性十足。

书房的灯光柔和，乔一柠靠着书桌，感受着路决的手心压在头顶，莫名觉得有些热，热气仿佛是从头顶路决手上传来，又好像，路决只是这么看着她，她就有些燥热得喘不过气。

乔一柠的脸有些烫，但依旧笑着说："财产哪有你值钱呀。"

路决心里满意了，放在她头顶的手下移，落在她腰侧的桌沿上撑着，将她半锁在这一方小天地，小声诱哄。

"那我告诉你一个，两全齐美的办法？"

乔一柠困惑地"嗯"了一声。

路决迎上前，含情脉脉，气息撩人，明目张胆地诱惑小羊羔进圈套。

"这辈子都跟我在一起，财产归你，我也归你。"

[04]

九月中旬，工作室的项目正式进入收尾阶段。

为了犒劳众人，老板安排了一场"三天两夜"的古城游。

那座古城在临安城，距离苏邻只有一段距离。

乔一柠特地询问了组长，得知公司允许带家属同行时，她整个人都仿佛沉浸在阳光中，快乐明亮。

事与愿违，路决被学校领导选中和教授们一块参加研讨会，为了方便准备资料，还需要路决多次返回学院。

乔一柠眼底的光瞬间熄灭了，最后还是路决说，第三天早上他会赶过去，陪她在临安城多待几天，她才稍稍觉得慰藉。

二人在一起后，还没有一起出去玩过，路决当下就被乔一柠说服了，而且她的情绪来得快去得也快，不一会儿，她就哼着小曲去收拾行李了。

乔一柠有点健忘，刚往行李箱里装好各种物品，等拉上拉链后又记不清自己到底装了什么，总是一遍又一遍地开箱检查。路决看在眼里，转头让糖球给行李箱拍了照片，让它记住所有物品的名称。

临睡前，乔一柠跑到一楼去喊糖球。糖球闻声从书房出来，滑着轮子过去抱她的腿。

乔一柠摸了摸它的脑袋，蹲下身一边看自己手机上的名单，一边让糖球念照片中的物品名称进行核对。

发现一一对照过去，都没有遗漏的，乔一柠才放下心，准备起身去睡觉。

但糖球跟了过来，拦在她面前，一字一顿地说："姐姐，有一条给你的留言。"

乔一柠好奇地再次蹲下身，伸手去戳它的脑袋："什么留言？"

"路决哥哥说，让你明早要吃早餐，要拿好钱包、手机和身份证，旅游期间不能关机。"

乔一柠订的明天一大早的航班，路决明天得去学院准备研讨会，乔一柠怕他休息不好没精神，便和他说好不用起来送她。

甜甜的喜欢，
安排

难怪刚才她下楼，路决都不拦着她，敢情是猜准了她睡前会下来检查一遍，特地在糖球这儿设置了留言。

乔一柠把脑袋压在膝盖上，笑得很开心。糖球忽然又闪了一下，熟悉的童音再次响起。

“他还说，他会想你。”

乔一柠愣了愣，笑得更开心了。今晚吃饭时她反反复复地问路决，她走了之后会不会想她，路决那个“闷骚怪”，每回都只是笑，都不回答她。

她一想到他对着糖球说这话的模样，就觉得心里又甜又酸。这才多久啊，她就已经舍不得离开路决了。

乔一柠摸着糖球头上的白云帽，看了眼楼上，小声问它：“你说，你路决哥哥是不是喜欢我啊？不然他干吗想我？”

糖球停了好一会儿，没回答，眼睛的形状变成两条横线，看起来有些苦恼。

或许是程序里没有这道问题？

乔一柠拉了拉它的手刚想安慰它，糖球的眼睛又闪了一下，横线变成两颗爱心。

“我不知道，路决哥哥喜不喜欢你。

“但他说过，他很爱你。”

在古城待的第二天，大家分开采风。

顾枝枝拉着乔一柠去青石板的小路上拍照，乔一柠却对两边的建筑有了兴趣。她顺着小路，跑了不少地方，拍下了很多古建筑和青砖瓦房。吃到好吃的美食时，她还特意将店名拍下，想着等路决过来后，她带路决来吃。

巷子里有很多制作工艺品的老店，老板大多年岁较高。

乔一柠逛了一圈，对一个做串珠和编织绳的店很感兴趣，还自己上手做了两条。

红色的编织绳两边各穿着一颗纯白色圆珠，中间坠着一颗用冷珐琅填色的小莲蓬。

老板说，莲蓬寓意着，路路皆通。

乔一柠自己戴了一条，将另一条装在盒子里，准备送给路决。

只是，这一天下午，路决既没有打电话给她，也没有回复她的短信。

他们的最后一条信息还停留在中午，路决说他要回学校拿资料。

乔一柠莫名有些不安，幸好晚饭时，她接到了路决的电话。

路决说他在准备资料，没看手机，问乔一柠玩得开不开心，还叮嘱她注意安全。乔一柠随口应付了几句，催他快点去休息。

但过了会儿，乔一柠突然接到了黄妍宁的电话。

她不知道黄妍宁是如何拿到她的电话，也听不进黄妍宁后半段的指责和耀武扬威，她从对方说路决受伤开始，整个人就是蒙的。

她下意识地收拾行李，但完全没办法思考，也不知道自己该收拾什么。最后还是顾枝枝说帮她把行李带回去，推着她浑浑噩噩地坐上了最近回苏

甜甜的喜欢.
安排

邻的航班。

乔一柠到医院时，碰到了在楼下着急等她的林简。

很快，林简将路决受伤的前因后果说明。

西行大学的学生私自在化学实验室做实验，没估量好剂量，引发了爆炸。路决正好在附近，被飞溅出来的玻璃扎伤了腿。

不过，伤口不深，但范围有些大，几乎占据了左小腿三分之一的面积。很快，路决被送到医院处理伤口。问题来了，路决的伤口处理好了，他却——

林简着急地说："医院建议他留院观察，但他执意要出院。师母，你快去劝劝老师！"

乔一柠知道，路决说的有事，应该是要去临安城找她。

她一时又气又……

一路气喘吁吁地跑到路决的病房门口，她还没推门，就听到里面传来熟悉的声音。

路决冷着脸要换下病号服。

黄妍宁拦在他眼前，声泪俱下地哭诉："你这样……就没有想过，乔一柠她一点都不在乎你吗？"

路决站在床边，声音没有丝毫起伏，仿若冰冷的机器："我没事，你快回去吧。还有，我希望你明白，我的事情与你无关，我是你的老师，也仅仅是老师而已。"

黄妍宁的眼泪流得更快了，捂着脸就跑。

乔一柠被撞了一下肩膀，忍不住闷哼一声。

路决偏头，就看见了她。

路决所在的病房是单人病房，但面积不大，光是床铺就占了大半位置，显然路决没有把受伤的事情告诉家里人，不然按照路昀的性子，绝对给他换最大的病房。

所以路决从受伤开始，只有学校里零星的几个人陪着他。

乔一柠打量着路决，突然能理解黄妍宁打电话时的愤怒了。

路决的脸苍白得吓人，缠着绷带的脚有些僵硬。明明都这样了，他看到她时，开口说的第一句话却是，他正准备去找她。

乔一柠的眼泪，毫无声息地顺着下颌滴落。

路决想走过来，乔一柠却先一步将他按在床上坐着，未来得及擦干的眼泪随着她的动作，落在路决手背上。

路决最怕看见她哭了，小声哄她："不严重的。"

"那你还不告诉我？"乔一柠蹲下身去看他的脚，绷带缠得又紧又密，什么也看不见。

"我怕你担心。"路决伸手去捏她的脸，声音带着笑，"小哭包。"

乔一柠抽了抽鼻子，擦掉了眼泪，总算冷静下来，才觉得不好意思。但她还是板起脸，认真地说："你以后要第一时间告诉我，不然如果我是最后一个知道的，那样我不仅会难过，还会生气……而且你以为疼的人只有你一个吗？我都快心疼死了。"

甜甜的喜欢，安排

她尾音还带着哭腔。

路决怕她再哭，只好点头答应。

乔一柠的手指轻轻贴着绷带，声音闷闷地问："疼不疼呀？"

路决方才处理伤口时都没有哼一声，此刻却微微俯身，凑近她，声音带着明显的示弱。

"疼死了。"

乔一柠更难受了。

路决从来都不撒娇的，肯定是因为伤口太疼了。

她这么一想，眼角又滑落一滴泪。路决的吻落在那泪上，滚烫得像一朵燃烧正烈的红玫瑰。

"但亲你一下就不疼了。"

[05]

路决的撒娇给乔一柠留下了非常深刻的印象，深刻到只要她一想到路决疼得撒娇，就忍不住想哭。

钟怡遥来看望受伤的路决，正好撞见乔一柠泪眼汪汪地帮路决换药，当即笑得扶门。

后来，尽管这事已经过去了好一段时间，路决的腿恢复如常了，钟怡遥还总拿这事笑话乔一柠。而乔一柠每一次被钟怡遥调侃时，都会面红耳赤得恨不得钻地缝。

不过，乔一柠现在不怕了，因为她抓住了钟怡遥的命门，只要她一提江耐，钟怡遥就没辙了。

这天，钟阿姨让钟怡遥去宜家给她买一张新椅子，钟怡遥拉着乔一柠一块过去挑。

正好周末，路决待在书房里敲键盘，乔一柠走之前还去看了一眼，满屏看不清的代码，路决说是游戏，她愣是没看出来。

两个人逛着逛着，乔一柠接到路决的电话，问她几点回去。

“得晚一点吧，我和钟怡遥在宜家买东西。”乔一柠说。

钟怡遥正好站在她旁边，闻言无声地张了张嘴：查岗？

乔一柠撇了撇嘴，用口型说了两个字，“江耐”。

见钟怡遥不吱声了，乔一柠转头甜甜蜜蜜地和路决说了会儿话。

钟怡遥默默地送了乔一柠两个“卫生球”。

她最初还真没有察觉到江耐的心思。

从高中开始，她就和乔一柠厮混，两人一起吃饭，一起上下课。

那会儿，刚上初一的江耐就住在乔一柠家里。她经常去乔一柠家里串门，自然也经常见到江耐。

江耐虽然看着乖，但其实不好亲近。钟怡遥觉得他长得好看，每次去乔一柠家，都给他买零食，还哄骗他喊自己姐姐。起初，江耐完全都不搭理她。还是因为有一次，钟怡遥为了给他买糖摔了一跤，他才变了态度，对她和颜悦色起来，还经常跟在她们后面一块出去玩。

等钟怡遥念高三，江耐正好准备中考。

钟怡遥常常去乔一柠家里复习，有一回，江耐磨磨蹭蹭地又是给她们送水果又是给她们拿牛奶，忙上忙下，片刻不停。

因此，在乔一柠上厕所的空当，钟怡遥直接抓住了江耐的手腕。

江耐那会儿个子就很高了，但很清瘦，脸又白又清秀，看着就很好欺负。

她笑得像只小狐狸，作势逼问："你干吗呢？怎么突然这么热情？"

江耐脸上神色淡淡，手腕僵着但没动："只是觉得你们辛苦。"

"哦，原来是心疼姐姐啊。"

江耐耳尖红了。

钟怡遥松开他的手，准备继续复习，他突然上前一步。

"你……你大学考哪里？"

"我？"钟怡遥转回头，"不知道，考新北吧。"

"好。"

钟怡遥一头雾水，江耐却直接打开门出去了。

钟怡遥当然没去新北，她不过随口一说，早就将这句话忘得一干二净，她的分数和乔一柠差不多，所以她的志愿直接照抄了乔一柠的。

上大学之后，钟怡遥就开始谈恋爱了。起初江耐还给她打过电话，但她顾着谈恋爱，每一回都是匆匆挂电话，不然就是没接，两人的联系就这么断了，之后关于江耐星星点点的消息还是从乔一柠那里听来的。

前阵子她失恋了，江耐与她的联系突然多了起来，有时候是去接她下班一块吃饭，有时候是给她买些小礼物，甚至她随口说想要吃夜宵，江耐就将夜宵送到她楼下，这一下，她就算再神经大条也明白了。

想到这儿，钟怡遥撞了撞乔一柠的肩膀：“哎，你知道江耐之前读的大学叫什么吗？”

乔一柠对路决说了一句话，才回头告诉她：“新北大学啊。”

江耐的分数是远远高于新北的录取分数线，他完全可以去更好的大学，但他执意要去新北。吴芝繁知道后还问乔一柠，江耐是不是有喜欢的女生在新北大学，所以乔一柠对此有些印象。

钟怡遥的心情一下就复杂了。

挂了电话，见钟怡遥表情奇怪，乔一柠贱兮兮地问：“你最近和江耐怎么样？”

钟怡遥动作夸张地挥手：“什么怎么样，江耐就是个弟弟……我的意思是我就当他是弟弟，而且你知道的，我不相信姐弟恋的，他和我差三岁啊。三岁一道沟，我俩无缘无分。”

乔一柠还想调侃两句。

突然，钟怡遥突然揽住了她的肩膀，快步往前走。

她神色很急，慌慌张张地将乔一柠拉到角落的衣柜旁，拉开柜门将她们的身影挡了大半。

乔一柠一脸茫然：“你干吗？”

“我看到我同事了！”钟怡遥边说边探头往外看，等人走远了一些才松了一口气，“穿浅蓝色衬衫的那个男人看见了吧？”

乔一柠循着她的视线看过去，挺高的一个男人，旁边的女人穿着短裙正甜甜蜜蜜地挽着他的手肘。

“人家夫妻俩逛街，你躲什么？”乔一柠顿时一脸八卦，“他不会是你前男友吧？但没可能你前男友，我没见过啊。”

“你脑袋装豆腐渣呢！”钟怡遥指了指那个男人，“他是我同事，但旁边那个不是他老婆。”

“哦，女朋友啊。”

钟怡遥眼神怪异，嗤笑了一声：“不是，我见过他老婆不长这样。”

乔一柠一下子来了精神。

“前阵子他老婆回娘家去了，他昨天还在办公室温温柔柔地打电话给他老婆，问她什么时候回家，谁知转眼就拉着小三逛街了。我还以为他是想他老婆了，现在看来他根本就是在打探他老婆回家的时间，好避开呢。啧，恶心！”

乔一柠的脸色也不好看，她当初不想结婚就是觉得这些龌龊事恶心……

想到这儿，她心里就像一张拉紧弦的弓，一下绷紧了。

她好像忘记一件事了。

第七章

她在我身边睡着了

[01]

路决做了一个梦。

他梦到他在临湖高中上学那会儿，市领导要莅临学校指导，校长在前一天下午，急急忙忙安排全校学生一块打扫卫生。

那天是周三，阳光炙热又刺眼，每个班级都被抽出一部分人打扫校园的空地，剩下的人则负责清扫教室卫生。

路决被安排打扫教室外的走廊。理科大楼和文科大楼中间有一棵百年老树，老树两边各有一个花坛，两条小路从花坛边延伸到长廊供人行走。

路决平时话不多，一块打扫的同学便也没有说话，走廊静悄悄的，倒是楼下时常传来打闹的声音。

旁边的同学大概是憋坏了，探头往下看了看，突然说："是文科班的人在楼下打扫。"

路决不轻不重地"嗯"了一声。

对方又道："他们可真大胆，连树都敢爬，一会儿要是被主任看见了肯定得挨骂。"

路决一顿，下面的老树足有两臂粗，树杈也高，平时还真没人敢爬。

到底是好奇，路决停下扫地的动作，转身往下看。

乔一柠那会儿只留着齐肩短发，坐在树上看着又小又瘦弱，硕大的校服被吹起了一角，露出小半截腰，钟怡遥立马眼疾手快地帮她往下拉了拉。

乔一柠刚爬上树，仰着细白的脖子往树顶上看，不一会儿就爬没影了。底下一群人絮絮叨叨地说着，让她小心，让她注意脚下，钟怡遥更是声音发颤地喊她下来。

路决旁边的男同学忍不住唏嘘："乔一柠可真不怕死，万一摔下来怎么办，不就是一个本子落树上，再买就是了。"

路决偏过头，难得开口问："你认识她？"

"认识啊，她不是经常往理科大楼跑吗？还来我们班串过门呢。哦，你经常去图书馆可能没遇见过。"

树杈间依稀能够看到校服晃动的影子，路决眼尖，看见对方白皙的手臂挂在枝条上滑了一下。

过了会儿，乔一柠终于从树上下来，钟怡遥一把扑进她怀里，又气又笑地抬手打她。乔一柠笑着把本子塞钟怡遥怀里，默不作声地把擦伤的手臂往后放。

路决正想收回视线，楼上突然传来一道男声。

“乔一柠！”

乔一柠一愣，抬头往路决这边看过来。路决明知对方看的不是他，却也忍不住呼吸一顿。

她仰着头，不知道听见什么，突然弯着眼睛笑得可爱又神气。

她身后的阳光炽烈，细薄的金色汪洋笼着她，她的脸颊泛红，身后像有源源不断的热浪涌向她。

路决转过身，靠在栏杆上。

他的动作太突然，旁边的男同学一惊：“你怎么了？”

“没事。”

他话音刚落，抬头就看见教室窗户上映着自己的模样，皱着眉，红了脖子。

那热浪好像落在了他身上。

少年人的心悸短暂得像是一个眼神，又漫长得像是一生。

路决醒过来时，盯着头顶的天花板看了好一会儿，才将自己完全抽离。

甜甜的喜欢，
安排

这场梦太过真实，仿佛他转过头，跑下楼，就能再见到当年徒手爬树的女孩，就能以少年人的孤勇，一步一步迈向她。

路决走出房门，察觉到窗外已经完全暗下来，但他的手机屏幕上，没有任何未接来电和短信。

这会儿已经晚上七点，乔一柠不仅没回家也没接电话。路决一想到她先前喝得烂醉，还不认人，就觉得太阳穴一跳，再也坐不住了。

路决刚打开门出去，走廊上的电梯就“叮”的一声缓缓打开，钟怡遥揽着乔一柠从电梯里走出来。

路决走近，闻到了很浓的酒味，眉间顿时皱起：“她喝酒了？”

钟怡遥不好意思地笑了笑：“喝得不多。”

但乔一柠原本酒量就不好，这会儿脸上泛着红，眼底已有醉意，视线过了会儿才落在路决脸上。

路决走过去牵她的手，轻声问：“怎么喝酒了？”

但乔一柠看也不看，与他擦身而过进了家门。

路决的目光转瞬便落在钟怡遥身上。

钟怡遥心里一紧，硬着头皮说：“你们好好沟通，她可能是误会什么了，我就先回去了。”

乔一柠并不在客厅里，倒是书房里一阵磕磕碰碰的声响。她站在椅子上正往书架上找东西，一下没踩实，身子随之一晃。

路决刚进门，半个胆子都要给她晃没了，跑过去抱住了对方。

乔一柠抿着嘴没说话，从书架上取下一个盒子。

她没忙着打开，倒是转身郑重其事地问路决："你老实说，你是不是不喜欢我？"

路决一时没反应过来，乔一柠却将他的停顿当作是默认。她原本就喝了酒，情绪起伏很大，她一会儿觉得自己委屈一会儿又觉得生气，还没开口，眼睛就红了。

路决索性把她抱到书桌上坐着，俯身哄她："头疼不疼？"

"你别转移话题，我问你话呢，你是不是不喜欢我？"

"你不是早就知道了吗？"路决笑得很无奈，他要是不喜欢她，怎么会记了她这么多年，又怎么会迫不及待地和她结婚，

乔一柠吸了吸鼻子："那你，是不是有脸盲症？"

路决一头雾水。

乔一柠的音量一下抬高了，明显很生气："你是不是把我当成别人了？你是不是把我当替身了？"

路决看着她，确定她没开玩笑才问："你最近看什么小说了？"

"我最近看了那个……"乔一柠噎了一下，顿时更气了，但因为喝了酒，声音总是很软，"你又转移话题！"

乔一柠拆开盒子，从里面拿了黄色便利贴递给他看："这是什么？你还收藏她写给你的字条！你是不是忘不了她，要跟我离婚了！"

乔一柠喝了酒之后比平时更诚实，完全是脑子里想到什么就说什么。

路决一边觉得好笑，一边又觉得她可爱，他视线扫了眼便利贴，但没伸手接。

“这确实是别人写的。”

乔一柠眼睛一眨，像是要哭。

路决压了压她的眼尾：“但我以为是你写的。”

“高二那会儿，有一回有女生给我送饮料，桌上就放着这张没署名的便利贴。有个放学值日的同学跟我说，她看见你去我的座位了。”

他当时以为是乔一柠送的，才转头把字条收起来，但上次在家里，他亲眼看着乔一柠写下方子，字条上的字迹不是乔一柠的。

乔一柠觉得委屈，他也委屈啊，他好好地收藏了这么多年，竟收藏了别人的字。

乔一柠的脑袋突然又转了起来，哭腔更明显了：“那你是因为这字条才喜欢我的，可我不是写字条的人啊，也没有给你送水，那你喜欢的人就不是我了。”

“可在此之前我就认识你了。”

乔一柠的眼睛蒙着一层水雾，软声问：“什么时候啊？”

“你爬树那次。”

“爬树？”乔一柠一顿，“我就爬过一次，帮钟怡遥拿作业本，但我没有看见你。”

路决抬手蹭了蹭她的脸，目光温柔：“嗯，你没看见我，就把我收服了。”

你不用看见我，我就一心喜欢上了。

乔一柠看着他，突然伸手钩住他的脖子，直接贴了过去。路决嘴上一热，过了会儿才察觉到有些疼——乔一柠咬了他一口。

路决刚想开口，对方又吻了过来，气势汹汹，但嘴上很软，路决的目光一下就变了，反客为主压回去亲人。

鼻尖相抵，热气萦绕在周边，喘息声又重又杂，路决放在乔一柠腰间的手指用力地收缩了两下，片刻想起什么又松开，将她卷起的衣角往下拉了拉，克制着想往后退，她却突然抬脚扣住了他的腰。

乔一柠的脸很红，嘴角还落着水光，因为醉意和紧张，视线总是很难集中。她察觉到自己闹了个大乌龙，现下又不好收场，只能又羞又虚张声势地抬头瞪着路决，像只奶凶的小猫。

“你只能爱我！”

路决没回答，只看着她，像是一种无声的反问。

乔一柠将脑袋压进他怀里，半晌才开口：

“我爱你啊。”

[02]

苏邻市的秋季很短，街道上枯黄的落叶刚掉落不久，初冬便紧随而至。

这天早上，苏邻下了冬天的第一场雨，雨丝夹杂着刺骨的寒意，天幕灰蒙蒙像罩着一层灰色纱网。屋内开着暖气，但落地窗因为冷热交替氤氲着不少水汽和雾气。

甜甜的喜欢。
安排

乔一柠百无聊赖地在玻璃上写写画画，等路决喊她准备出发时，她才赶紧将冰凉的指尖塞进外套口袋里。

这段时间发生了一件事，对于乔一柠来说有惊无险的一件事。

乔一柠在网上是一个小有名气的小画手，最近因为忙着工作，很少上账号去看留言，每一回都是发了小条漫之后就下线了。后来还是经钟怡遥提醒，她才抽空去看了粉丝的留言和私信。

这一看，便将她吓了一跳。

一个网名为“一条鱼”的粉丝给她发了私信。

通篇文字都很压抑，语句杂糅，断层重复，乔一柠原本以为对方只是吐吐苦水，但看到后面不免惊出一身汗。能够看出来对方年龄不大，但心理状况已经出了问题，最后甚至还透露出让人不安的信息。

乔一柠找了路决帮忙，几经周折才通过路昀联系上对方的哥哥。

“一条鱼”的真名叫徐智，是一个十七岁的小男生，正在上高中。早年家里父母双亡，他哥哥因为忙于事业很少顾及他，而他因为性格胆小怕生的原因，在学校经常被欺负，他忍受着暴力却对家人闭口不谈，阴郁的情绪逐渐演变成心病。

徐智的哥哥知道徐智患有抑郁症之后，便马不停蹄地联系了校方，还暂停了自己的工作，专心陪着弟弟。徐智的情绪稳定之后，向哥哥提出想见一见乔一柠的要求。

乔一柠今天就是应邀去见他。

乔一柠离十七岁已经很远了，她实在是不知道应该给十七岁的小男生买什么样的礼物，最后还是路决提醒她，对方是她的粉丝，自然最希望收到她画的画。乔一柠便提前了几天给徐智画了一幅《少年与鱼》的画，并特地给该幅画安了画框。

约定见面的地点是一家室内咖啡厅，路昀和徐智的哥哥在门口一碰面，就忍不住聊起生意。路决无奈，示意乔一柠先进去把礼物送给徐智。

乔一柠纠结了一会儿，非但没有走，还把人家的哥哥喊到一边单独说话。

这家咖啡厅在顶楼，面积很大，包厢也设置得很宽敞，路决听不清乔一柠说的话，但他一看到她脸上绷紧的表情就知道，她还在为徐智的哥哥忽视徐智一事，感到生气。

路昀站在路决身边，忍不住问："她不会把人骂一顿吧？"

路决看着乔一柠苦口婆心的模样："也不是没可能。"

路昀这下更好奇了，有一个问题，他早就想问了。

"你为什么会和一柠结婚？不是说一柠不好，是我总感觉你应该会喜欢那种，无论做什么都不会让人操心，任何事情都很完美的人，毕竟你自己就是这样的人。"

咖啡厅里的轻音乐舒缓又温柔，乔一柠在训完对方，后知后觉地红了脸，正往路决这边望过来。

就像先前无数次的求救一样，她总是在苦恼、尴尬、不知所措时，最先看向他。

在路昀以为路决不会回答时，路决突然笑了一声，显然心情很好。

“这样的人有我一个就够了。”

路决目前为止所经历过的人生中，很少有摔倒的时刻，无论是在生活中还是在学业上，他好像永远优秀得让人望而却步，所以他才会更记得那些摔过的痕迹，比如乔一柠。

人人都以为他喜欢聪明优异，为人处世滴水不漏的人，但他偏偏最爱乔一柠的漏洞百出、撒娇耍赖和天真直率。

徐智是一个长得很清秀的男生，话很少也很腼腆，每一次与乔一柠对视时都会涨红脸，磕磕巴巴地说话。乔一柠因为长相的原因，很容易让人觉得亲近，起初徐智一直放不开，在聊天的时候也总是躲躲闪闪，但后来好一些了，他还会主动问乔一柠关于画画的事情。乔一柠便跟他说，初学者更需要哪些书籍和工具，他听得入神，显然很感兴趣。

后面告别时，他还一副依依不舍地想要拥抱乔一柠，但又不太敢的模样，最后他鼓起勇气询问，话是冲着乔一柠，目光却落在路决身上。

乔一柠还配合着回头问路决：“能抱吗？”

路决看了看徐智，又看了看乔一柠，淡漠道：“不能。”

乔一柠白了他一眼，转身抱了抱徐智，徐智的脸又红成了小番茄。

徐智的哥哥告诉乔一柠，另一条街正在举办画展，如果感兴趣可以绕过去看看。

乔一柠当然感兴趣，二话不说就拉着路决过去了。路昀还有公事要忙，便没有陪他们一块过去。

他们从咖啡厅出来时，雨已经停了，天际的乌云渐渐消散，隐隐透露出一抹湛蓝。街上的行人来来往往，他们踩着地上的积水，在乔一柠的视野中渐行渐远。

路程不远，乔一柠和路决便决定步行过去，他们的手牵在一起，手腕上相同的红色手链轻轻磕碰在一块，像是在这人声鼎沸中进行一场无声的宣誓。

乔一柠仰头问路决："你刚才为什么说不能？人家不过是一个十七岁的小男生而已。"

路决握住她的手紧了紧，垂下眼看她。

他的声音很快被淹没在街边的音乐声里，但乔一柠却感觉那话像永远落在她心上一样。

他说："我十七岁的时候，都没能抱到你。"

[03]

这场画展是中国美术协会和当地政府联合举办的，里面一共有七十八幅来自世界各地的绘画作品。

乔一柠盯着一幅叫《春生》的风景图看得入神，放在所有的作品中来看，它并不出彩，但乔一柠太喜欢作者的风格了，在色块分明的基础上，颜色丰富多彩，冲击力很强，属于那种第一眼看会觉得眼花缭乱，细看又会觉得很奇妙的作品。她越看越喜欢，频频回头时还撞上了人。

路决离她有一段距离，正想迈步过去，却在看清那人模样时，硬生生顿住了脚。

乔一柠没想到会在这里遇到姜姐，她大学时接的绝大多数“小生意”都是姜姐介绍给她的。当时乔一柠和家里表明以后不想当记者，想继续画画，但遭到了家里的反对。

她那会儿年轻气盛，立誓要做出点成绩，便经常把自己困在学校里，没日没夜地看教学视频，在艺院绘画室和宿舍两头跑。

她当时通过绘画室的同学认识了姜姐，姜姐要举办一场以盈利为目的的大学生画展，她好不容易说服姜姐，才让对方同意把她的作品放到画展上，没想到她的作品还真卖出去了。

姜姐显然也很惊讶，在抬头看见乔一柠身后的路决时，她的惊讶已经变成震惊了。

“原来，你们认识啊？”姜姐拍了拍乔一柠的肩膀，“早知道当初就不用那么麻烦了。”

乔一柠困惑地转头看了一眼路决：“您认识他？”

“他长得好看，我便记住了。他就是当时买下你的画，又不愿意透露自己信息的买家呀。”姜姐说到这儿又困惑地扫了他们一眼，“那你们认识，他怎么还匿名购买？”

乔一柠愣住，再回头去看路决时，路决已经自顾自走到另一边看画了。

姜姐不懂其中的弯弯道道，与她又闲聊了几句才离开。

乔一柠的心又酸又胀，当时孤注一掷的她一度很消沉，后来正是因为这件事，让她拥有继续走下去的勇气。但她从没想过，那人会是路决……他间接帮助了当时孤立无援的她。

乔一柠后悔当初没有追问姜姐,不然或许在那时候,她和路决就认识了。

她又气又悔，绕到另一边去堵路决的去路。路决无路可走，只好坦白从宽。

“姜姐当时跟我说，你特别需要这笔钱。”

“所以你就花两倍的价格买下了？你是不是傻？”乔一柠瞪着他。

当时她还觉得自己走运遇到了一个不懂画的傻大个，敢情这傻大个还是自己家的。

路决示弱地伸手去碰她的脸，笑着说：“肥水不流外人田，不亏。”

乔一柠瞪得眼睛都酸了，最后还是举旗投降，伸手去碰路决的手腕。

她声音软糯糯的，显然很感动：“这对当时的我来说，很重要，所以谢……”

路决截住了她的话,手腕一转扣住了她的手：“我有私心,你不用谢我。”

他喜欢乔一柠，所以想要收藏关于她的东西，这是他隐晦的喜欢，反倒承不起这句谢谢。

他付出的喜欢都是他乐意付出的，不需要任何一句谢谢。

甜甜的喜欢，
安排

几天后，乔一柠还接到徐智的电话，对方语气激动又克制地说谢谢她。因为乔一柠的鼓励，他开始尝试用画画去表达自己的想法和心情，这让他觉得很新奇，也很开心。

饭后，乔一柠坐在路决腿上刷平板电脑，偶然看到徐智将自己的经历写在了微博上。

转载量大得吓人，慢慢地，有不少人将自己遭受的各种“暴力”写在评论里。或许这样并不能减少他们受到的伤害，但起码给了他们说出口的勇气。

乔一柠往下翻了翻，看到评论里的回复大都是美好而正面的，才完全松下一口气。文字有时候苍白无力，有时候是一种无声的温柔。起码这能让他们知道，这世界并不是只有他们所看到的，那一片黑。

徐智在文章中提到了乔一柠，便有人顺藤摸瓜找到了乔一柠的微博，有些是夸赞她的，有些是单纯地问问题。

其中有一个粉丝问她，当时怎么会想着去联系徐智。

现在的网络环境并不好，各种虚假炒作层出不穷，一不小心就容易落入圈套或恶作剧里。

乔一柠窝在路决怀里抬头看他，路决原本落在电视上的目光便移开了，他将自己的额头抵在乔一柠的额头上。

天花板上的灯光落他们相抵的额间，路决的眼睛里除了她的身影，还有顶上落下来的光。

乔一柠突然想起，大学时那幅被路决买下的画，叫作《星光》。

有些星光是自己给自己的，而有一些是别人无意间照耀在你肩上的。

过了会儿，乔一柠指尖点着屏幕，一字一句地回复了那个问题。

一颗柠檬：我的话对于正在受苦的他，可能没有意义，但是万一呢，万一身处黑暗的他，看到的刚好是我这道光呢。

[04]

乔一柠和ED工作室的合作临近结束，收尾的最后几天顾枝枝一个劲地抱着劝她，让她和ED再合作一段时间。乔一柠笑着没说话，但没想到组长还真的约她谈话，有意与她合作下一个项目。

“公司最近刚好接了一个新的游戏项目合作，你的工作能力我是知道的，你要是答应，直接就能进我这个组，参与这个项目。”组长笑了笑，声音压低了一些，“这次可是和西爵工作室合作。”

乔一柠原本平静的心顿时跳了两下，瞪着眼，学着组长压低音量：“你说真的？就是三年前开发《降临》游戏的西爵工作室？”

《降临》是个对战手游游戏，能多人同时在线竞技，三年前在网上大火过一段时间，后来因为新游戏层出不穷，热度被覆盖不少，但至今依旧让人印象深刻。

“是，这次合作的牵线投资人是天寒传媒公司，你应该很熟悉吧，听上面说对方老板还专门提出让你加入。”

甜甜的喜欢，安排

天寒传媒公司的老板是徐智的哥哥。

乔一柠当时被兴奋冲昏了头，等参与进这个项目才知道答应一时爽，事后火葬场。

这次一块合作开发的是一款悬疑闯关游戏，以团队战的模式。这次开发重在游戏策划里的关卡策划和文案剧情策划，关卡设计怪异又困难，文案剧情更是让人挠秃了头，但好的是这不是他们负责的范畴，而不好的是，天寒公司还另辟蹊径找了西爵工作室的人当顾问——其实就是监工，检验每一环节的成果。

而这个顾问要求特别多，无论是对人物设计、场景设计、动作设计还是特效等都严格得令人咂舌。

被返了无数次原稿的乔一柠简直要拍桌子怒喊：你行你上啊！

但她不能喊，因为对方确实可以上。

而且上了之后就没她什么事了，她心里悲戚戚，脸上保持笑嘻嘻。

然而，乔一柠向来心软，工作室的特效师在她眼前哀号两声，她的一腔热血就咕噜咕噜冒泡了……然后西爵工作室直接将那位“百般刁难”的顾问的微信，发给了乔一柠。

乔一柠盯着微信页面看了看，叹了一口气又把手机锁屏了。过了会儿她又忍不住打开，然后又关上，反反复复，还是没敢点开对方的名片，加对方为好友。

谁知道这是豺狼还是虎豹，万一被啃得连骨头都不剩怎么办？

乔一柠将手机扔在桌上，打开了客厅的电视，准备找动漫看。

乔一柠之前看过《夏目友人帐》，但每次都是随手按的集数，导致她现在也分不清自己看到哪里。

她随手按了一集，又偷偷摸摸地往书房的方向看了眼，路决正在里面忙，只隐隐传来一些敲键盘的声音。乔一柠的胆子瞬间大了起来，她将电视的音量加了加，借着动漫的声音偷偷溜到厨房去拿薯片。

乔一柠之前因为要调养身体，所以在喝中药期间很少吃零食，最近她刚将最后一服中药喝完，下个疗程在下个月，中间有一个缓冲器正好让她解馋。

乔一柠盘腿坐在沙发上，一边看动漫一边拆开包装袋，伸手进去刚捏了一块薯片，身后就传来脚步声。她呆若木鸡地愣了两秒，回头就看见路决抱胸靠着墙，正看着她。

这人不会在家里安装了监控吧?

“不是吧，”乔一柠快速地往嘴里塞了一块，生怕一会儿吃不到，“我都这么小心了，你还知道我偷吃，你脑袋里装雷达了吧。”

路决看着她笑了笑：“我不知道你偷吃。”

“那你怎么出来了？”

“我是想告诉你，”路决指了指电视，“这集你看过了。”

乔一柠一愣，拿起遥控器，返回到页面：“我就说怎么怪怪的，那我看下一集。”

路决的视线落在选集上：“下一集也看过。”

甜甜的喜欢，
安排

乔一柠："……"

"除了三、四、七、十一、十二，这一季的其他几集你都看过。"

乔一柠不可置信地看着他，下意识想鼓掌，但怕拍碎薯片只能虚虚地冲他抱拳："路老师，你的脑子能开热点吗？能不能借我连一下？"

"不能。"路决的眼神带着嫌弃，却依旧伸手将她嘴角的碎屑取下，"只能吃一包。"

"好的！"乔一柠笑得一脸讨好，"我最听话了。"

听不听话暂且不说，最会卖乖倒是真的。

路决转身回书房，突然发觉自己好像对乔一柠太过娇纵。

但是能改吗？好像又不太行。

乔一柠将薯片吃了大半，抽纸巾擦手时刚好看见落地窗外鳞次栉比的高楼。高楼上亮着灯光的每家每户像是一小块的格子，灯光暗了，格子便陷入睡眠。

乔一柠以前没想过她生活的格子里会有另外一个人出现。她一直是很矛盾的人，她喜欢独处，但不喜欢孤独；她喜欢热闹，但又好像只是喜欢看着别人热闹；她可以一个人，但身边必须有声音。

她是一个很难拥有安全感的人。

但是这一刻，她突然觉得路决的到来，完全满足了她的期盼。她在她的小空间里做自己喜欢的事情，偶尔孤独的时候，一回头又能听到路决的声音。

乔一柠总是会在某一瞬间突然产生矫情的情绪，就像她睡至傍晚醒来，看见窗外夜幕四合时，突然产生的游离和孤寂感一样。

路决敲着键盘，偶然抬头却看见乔一柠站在门边。

“你这几天好像都没催我练字。”乔一柠在他对面的椅子坐下，把玩着桌面上的笔筒，“你是不是嫌我烦了？”

“不是你自己觉得累，只答应练两个月吗？怎么现在倒打一耙了？”路决说。

“那你就不会劝劝我吗？你劝劝我，我就留下来陪你了。”

乔一柠将脑袋枕在右手上，伸出左手去牵他的手，路决放在鼠标上的右手瞬间失了力。

乔一柠一下一下地按压他的指背，心里沉静又安宁，好像只要触碰上这个人，她心里突如其来的不安就会镇定下来。

路决左手敲着键盘，右手任她拉着，但脑子早就从她进门的那一刻，便没法工作了。

路决盯着屏幕上的乱码看了两秒，手指移到删除键。

“我想跟你待一会儿。”乔一柠作势松开他的手，“你做你的工作，我不说话。”

指尖相触，即将分开时路决反手抓紧了乔一柠的手：“牵着吧。”

乔一柠倒是真的没再说话，她把玩着路决的手指，不过一会儿就趴在桌上睡着了。

甜甜的喜欢，
安排

路决单手不方便工作，勉强收了尾，回复完信息后就将电脑关了。他从抽屉里拿了手机，单手滑开，拨了语音电话给温瑞康。

“你是不是又跟她胡说八道了？”

自从路决知道，字条的事情是温瑞康告诉乔一柠之后，就处处提防着自己的兄弟将自己“卖”了。

“冤枉啊，我最近可没跟乔一柠聊天，就上次在超市碰过一回。”

路决显然不信：“那她今晚怎么这么黏人？”

温瑞康：“……”

“现在都流行把狗骗进来再杀吗？”温瑞康气愤，“我还以为有什么急事，连澡都没洗完就接电话了，敢情你就是来发粮的！乔一柠呢？你这么无耻，她都不管你吗？”

路决视线落在乔一柠脸上，乔一柠合着眼，侧压着手臂睡得很安稳。路决试探着抽了抽右手，刚移动一厘米就被对方用力抓紧。

乔一柠闭着眼嘟囔：“别动……”

路决果真就不动了，手任她抓着，偏头对着手机说话的声音下意识放轻。

“她在我身边睡着了。”

[05]

乔一柠昨晚睡到凌晨便醒了，迷迷糊糊睁开眼时才想起自己在书房，而路决就坐在她对面，单手刷手机，另一只被她抓在怀里的手臂早已僵硬发麻。

乔一柠心生愧疚又是帮对方揉手臂，又是哄着说明天给他做大餐。

但大餐最终没做成，因为江耐进医院了。

乔一柠当时正在家里的小画室作画，接到钟怡遥的电话时，还以为自己幻听了。江耐进医院不稀奇，人偶尔有个小毛病的去医院看医生多正常，但稀奇的是，江耐是因为打架进的医院。

江耐打架的概率就跟乔一柠数学考满分的概率一样，罕见至极。

乔一柠到医院时，江耐正缝完针，护士在一旁给他包扎伤口。他低着头，脸色又冷又难看，女护士原本红着脸想搭话，抬头一看他的脸色，顿时失了搭讪的心，连手上的动作都快了一些。

等护士走了之后，江耐终于忍不住抬头看向对面憋笑的乔一柠，既无奈又难堪。

“姐，你能不能别笑了？”

乔一柠靠在一旁的桌子上，笑声收敛了一些：“没办法，从小到大我都没见过你打架呢，太稀奇了，更何况还是替钟怡遥出气。”

江耐在追求钟怡遥，这件事乔一柠一直都知道。钟怡遥虽然对江耐没有爱慕之情，但她打心眼里喜欢这个弟弟。而且江耐聪明，每一回都是点到为止，既不疏远也不冒犯，钟怡遥进退两难，束手无策之下直接撒了谎。

她找了同事逢场作戏，表明她心有所属，试图让江耐知难而退。而江耐知道后虽然难过，但也确实没有再打扰钟怡遥。

甜甜的喜欢，安排

时间一久，钟怡遥逐渐忘记这回事，而那位被拉来演了一场戏的男同事，更是将这件事抛之脑后，交了真正的女朋友。今天两人正甜甜蜜蜜一块逛街，不料被江耐直接撂倒在地，误会他脚踏两条船。

据钟怡遥所说，这位男同事平时的爱好是跑酷、打拳，所以对方毫发无伤，倒是小乖崽江耐被放倒时不慎被路边的玻璃块划了手，缝了四针。

江耐垂下眼，脸色有些落寞："她拿这种事情骗我，是不是因为真的太烦我了。"

乔一柠笑不出来了。江耐的长相太乖了，哪怕知道他的性格并没有看起来那么乖巧，但还是容易被他的外表欺骗。他一灰心失意，她作为姐姐的这一颗心，软得就跟棉花糖似的。

但是感情的事情，不能靠心软。

乔一柠拉了张椅子，坐到他面前，决定单刀直入："要不就算了吧。"

别折磨自己，也别为难别人。

江耐因为受伤，脸色有些难看，嘴唇更是惨白。这边的床位靠窗，中午日光正盛，白光落在他身上，莫名让他看起来有些单薄。乔一柠说了这一句就说不下去了，但显然江耐已经有主意了。

江耐还有一瓶点滴要打，他怕乔一柠觉得无聊就劝她先回去。乔一柠留了心眼，先给钟怡遥发了信息，知道对方刚到楼下，才起身离开，坐在医院长廊的椅子上等对方。

钟怡遥看见乔一柠也不惊讶，顺手从提着的塑料袋里拿了瓶牛奶给她。

“没有你喜欢的草莓味，拿芒果味凑合一下。”

乔一柠拆开吸管喝牛奶，芒果味有些浓，正巧她喝得急，直接被呛了一口。

钟怡遥抬手给她顺背：“又不跟你抢，着什么急啊。”

“我确实着急。”乔一柠意有所指，“不是，你就出去买牛奶？”

“待着也尴尬，我就下楼随便逛了逛，反正有你陪着他。”

钟怡遥在乔一柠旁边坐下，乔一柠偏头看她。

“我知道你不喜欢姐弟恋，但因着江耐是我弟弟的关系，我还是想替他说上两句。”

钟怡遥被她一本正经的表情逗乐了：“来，宝贝你说。”

乔一柠偏了偏头靠在钟怡遥肩膀上：“江耐你接触得不比我少，他的人品没得说，但他确实不是你喜欢的那种成熟稳重的类型，而且这个人其实挺狡猾的，他可会卖乖了……”

“不愧是你弟弟。”钟怡遥插了一句。

乔一柠笑骂了一声，接着道：“他也特别固执，我看这事他一时半会儿还消解不了，估计还会自己躲起来偷偷哭呢。但他不是无赖的人，你一会儿明确地拒绝他一回，说得狠一点，他以后就不会找你了。”

钟怡遥抬手轻拍乔一柠的脑袋，质疑道：“你这是替他说话？”

“没办法，你可是我最好的朋友，之前是觉得你刚好恢复单身，江耐又跟你以往交往的人不一样，说不定你们会产生不一样的化学反应。但是

甜甜的喜欢，
安排

现在看来，你不愿意，那我就不想勉强你了。”

乔一柠微抬下颌，看着她，语重心长道：“我们怡遥啊，一定要跟喜欢的人在一起才行。”

乔一柠走了之后，钟怡遥才去江耐的病房。

江耐半靠着枕头正在打点滴，另一只绑着绷带的手放在腿上，他的目光好像落在伤处又好像仅仅是在走神。

“手疼不疼？”钟怡遥拉过床边的椅子坐下，“你脸色看着不太好。”

江耐抬头看见是她，下意识地抿了抿嘴：“没事，不疼。”

钟怡遥的目光落在绷带上，她接到同事的电话就匆匆过来了，但那会儿江耐正在处理伤口缝针，她也不知道到底伤成什么样了。

“听我同事说，出血量挺大的，估计很疼。”钟怡遥自小就怕疼，这会儿眉间正皱着，“我以前削苹果手指被划了一道口，仅仅是那样的程度我都觉得疼了，你这个起码比我疼上十几倍。”

钟怡遥的手指朝伤处上方移了移，迟迟不敢触碰，脸上的表情特别严肃。

江耐的声音无意识地放轻：“我知道。”

“嗯？你知道什么？”

“削苹果那次受伤是在我姐家里，你边看电视边削苹果才把手划了。”

钟怡遥心下一惊，她自己都不记得了，江耐竟记得这么清楚。

“你当时看的是综艺节目，后来有很长一段时间你都没再看过那个节目，说是一看到就觉得手疼。”

“我是真没什么印象了，就记得这根手指头被划了下，现在还有疤呢。”

钟怡遥动了动左手食指，让江耐看清：“你的手，会不会留疤啊？”

钟怡遥的指腹上有条长痕，颜色比周围白一些，幸好并不长，不细看也难以察觉。

江耐摇了摇头，一副乖乖回答的模样：“医生说不会……对不起，我是不是给你添麻烦了？”

钟怡遥从袋子里拿了一条奶糖，拆了其中一颗放进嘴里：“麻烦算不上，我已经跟我同事解释清楚了。但你确实太冲动了，你下次可不能这样。”

江耐没说话，整个病房都安静下来，挂着点滴的那只手下方虽然垫着热水袋，但他还是感觉冷冰冰的液体流进体内，有些凉。

他动了动手指，指尖陷在被子里。

“没有下次了。以后都不会了。”

钟怡遥抬头看他。

江耐眉眼恹恹，看起来有些累：“等这边的工作结束之后，我就回去了，估计见面的机会也不多了。”

“我爸妈也催我回去，正巧下个月我妈过生日，我也要回去陪她。”江耐扬了扬嘴角，语气轻快，“我确实很喜欢你，但是我姐说得对，感情又不能勉强，我现在也看开了，说不定过一段时间我就碰到合适的人了。”

钟怡遥收回视线笑了笑，拿了一颗奶糖放进江耐手里：“那就好，但你可不能因此就不认我这个姐姐，你随时都可以来找我。”

甜甜的喜欢.
安排

方形奶糖被亮灰色的糖纸裹着，小小一颗放在他手心里。

他当初就是因为贪图这一颗糖，才被罚记了这么多年。

江耐收紧手，因为脸色不好，连笑容都淡了几分："好。"

钟怡遥去开水房打水，江耐等她走出病房才收回视线。

护士进来查房例行询问了几句，她视线下移落在江耐扎针的手背上，低声提醒："你这只手最好别用力，有什么要拿的东西让别人替你拿。"

江耐应了一声。

护士按着输液开关，调整点滴下落的速度："我看你脸色不太好，估计是我刚才将点滴调快了，你怎么也没说，不疼吗？"

江耐捏着糖，声音微哑："不疼。"

护士一顿，纳闷地将视线落在他脸上："不疼，你哭什么？"

乔一柠坐在医院大厅等路决过来接她。

她靠在椅背上，视线百无聊赖地从左边移到右边，又缓慢地从右边移回到左边，周而复始。行色匆匆的过路人一一在她眼中掠过，她的余光扫过某个身影，整个人一愣，目光猛地又往右边偏了偏。

来人穿着深蓝色风衣，高挑的身影在人群中很显眼，在迎上她的目光时，勾唇笑了笑，快步向她走来。

这种熟悉又陌生的感觉纷至沓来，将乔一柠砸得有些蒙。

乔一柠站起身，声音带着讶异："陆宴？"

第八章

等多久都没关系，等到就行了

[01]

乔一柠坐在洗手台的大理石面板上，手上拿着剃须刀，犹豫着该从哪边下手。

路决站在她面前，刚摘下眼镜的眼睛微眯了眯，适应后才低头看她：“你不像是要替我刮胡子的人，倒像是手持大刀的屠户。”

乔一柠也不恼，笑得一脸威胁：“那你乖一点，不然我手一抖就见血了，上次就把人刮出血了。”

路决往前凑了凑：“上次？”

乔一柠坐在高台上，因着要帮路决刮胡子两人本来就靠得近，路决这一凑，距离又被缩短了。

“我爸！我以前好奇给我爸刮过一次。”乔一柠警惕地往后仰，伸出空闲的手压在路决胸口，“你干吗？”

路决不退反进，从她身后拿了一瓶剃须泡沫，落在她眼前晃了晃：“拿这个，你以为我要干吗？”

乔一柠脸颊一热：“我以为……”

剩下含混不清的话音尽数落在路决口中，路决亲够了又一脸若无其事地直起身，坦然得仿佛刚才做坏事的人不是他。

乔一柠在指间挤了一团泡沫，一边往路决脸上抹一边说：“我过几天得去参加同学会。”

路决视线下移，落在她脸上：“大学的吗？”

“不是，高中同学会。”乔一柠悄悄抬头看他，不想被一举抓获，索性实话实说，“我下午遇见陆宴了，他说过几天我们班要开同学会，估计这两天就会收到消息。”

路决引着乔一柠从鬓角开始刮：“陆宴回国了？”

陆宴高中毕业后，全家就移民国外了，怎么这会儿突然回来了？

“说是回来参加亲戚的婚礼，估计也就待几天。”乔一柠专心盯着路决的脸，手上动作很轻，生怕刮伤了他。

乔一柠一见路决沉默着不说话，就知道这个陈醋泡大的人又吃醋了。她立马举手表明自己对他忠贞不贰，不会叛逃，但因为动作太大差点从洗手台上摔下来，还好路决反应极快，一下抱住了她。

乔一柠正手忙脚乱地将剃须刀拿远一些，原本站稳的路决突然往后一个踉跄，显然是有些承受不住。

乔一柠这下不淡定了，她被路决这往后一踉跄的动作深深伤害了。

“我是不是胖了？”

“我没站稳。”

“我胖了？”

“是我……”

“我真的胖了？”

路决不得不给出答案，好结束这场问答比赛。

“啊……”

[02]

路决不过随口一说，但不想乔一柠还真重了五斤。

此刻她正生无可恋地到处找瑜伽垫，又马不停蹄地开电视搜减肥视频。

路决终于体会到搬起石头砸自己脚的感觉。

他看了半晌，还是忍不住提醒她：“减肥可以，但你明天不能不吃饭，你得上班，不吃饱怎么行。”

乔一柠大学时有一回节食减肥，导致身体营养不良，差点晕倒在宿舍。路决自从在钟怡遥口中得知这件事后，在生活上一直很注意乔一柠的饮食，就怕她哪天又重蹈覆辙。

乔一柠正跟着视频做动作，经对方提起“上班”二字，才想起有一件事，她忘记做了。

她从垫子上坐起来，疯狂地揉了一把自己的头发，懊恼道：“我忘记加好友了！”

路决不解：“什么好友？”

乔一柠走到桌边拿起手机，语气很是无奈：“是一个特别难搞的合作伙伴，为人一丝不苟，人狠话不多……你说，我的好友申请写什么好？直接报名字会不会太正式？什么都不写又怕他不予理会……”

乔一柠捧着手机碎碎念，眉间皱着，无意识地啃着食指的指背。

这是她的习惯，就跟有人思考时喜欢敲桌子，紧张时喜欢喝水一样是她无意识的动作。

路决发现自己在乔一柠身上总有很多恶趣味，比如他就喜欢看对方苦恼咬指背的样子，喜欢看对方吃东西，吃得越多他会越满足，喜欢对方要小聪明不成后哭哭啼啼服软……

路决的恶趣味又来了。

“撒娇就成了。”

乔一柠半信半疑，嘴上依旧逞强说她钢铁直女，不会撒娇！

路决笑而不语，起身回书房。

路决的书房里有茶水台，他给自己泡了一杯茶，趁着泡茶的间隙回了手机里的几条短信，拉到最底下的时候才看到老四的信息，问他最近是不是没上微信。

路决有两个微信，一个是私人微信，一个是工作微信。而老四是他大学时的学长，两人偶尔有工作往来。

路决不明所以，打开了微信界面，切换了另一个账号，刚上去界面就抖出好几个红点，其中老四的信息最多，足有十三条。路决点开聊天框，目光随着滑动的手指往下移。

老四有一个非常简陋的工作室，里面只有五六个人，之所以说它简陋不仅仅是人数少的原因，这个工作室甚至没有专属的工作地点，大多数工作讨论都在群里。但里面的人个个都是计算机怪才，偶尔会以老四为代表出去接一些合作。

路决大学时和老四一块合作设计过一个小网站，当时老四就对他颇为满意，死活拉着他进了群，还不准他退。

路决一直安安静静，在群里话少得可怜，直到三年前一块开发《降临》游戏之后，他在群里的存在感一下就往上飙升。这一次老四接了新项目，路决原本不想参与，但对方说只让他当个“监工”，他才无奈应下。

他和老四向来是有事说事，无事各自安好的状态，平时也不会过多地涉及彼此的私人事情。他们都是本本分分，低头只做自己分内事情的人，路决甚至都没有询问他，此次合作的对象是谁，投资老板又是谁，只顾着当一个机械“监工”。

所以此刻，路决看着合作对象那栏的“ED”两个字母，陷入了沉默。

甜甜的喜欢，
安排

他想起刚才乔一柠对他的评价：难搞、一丝不苟、人狠话不多……

老四大概是瞄准了他的对话框，他刚敲了两个字，老四的信息就抛了过来。

一条乱码：乖决，你终于上线了！

。：……

。：别叫我乖决。

一条乱码：乖乖啊，我发你的信息你看了吗？你要的那个特效，做出来的效果不太好，但这个确实难为对方了，你要不换一个？

路决还没来得及回复，老四的另一条信息又来了。

一条乱码：对了，我听说他们工作室派了个很可爱的“和亲对象”，过来劝服你。

一条乱码：哦，不是，是求和使者，对方加你了吗？

这还用加微信吗？抬头就能看见了。

路决抬头往房门看了一眼，客厅里电视声不大，偶尔还能听到乔一柠夹杂着哀叹的碎碎念。他收回视线，正准备回老四的信息，手机却突兀一振。

底下的通讯录处弹了一个红点出来，路决手指停了一秒，点进去。

昵称：一颗柠檬。

他点了通过，又打开与老四的聊天框。

。：加了，那个特效我自己做，至于其他的继续往下做就行了。

这是松口的意思了。

一条乱码：？？？怎么突然这么好说话，对方不会派了个妖精过来把你收了吧?

路决无奈。

。：学长，我已经结婚了。

老四愣了好几秒，显然误会了，一连串的信息又蹦蹦跶跶地跳出来。

一条乱码：我去！那你把持住啊！

一条乱码：弟妹知道该误会了！要不你现在删了对方！

一条乱码：哥不允许你这样！

。：不能删她。

老四一口气卡在喉间差点呛死自己，他暗搓搓地摩拳擦掌，誓死要将路决拉回正途。他手指放在键盘上，刚打了两个字就看见路决回了一条信息过来。

老四暗想，我倒要看看你有什么不能删的理由！

。：她就是我的结婚对象。

一条乱码：……

是哥逾越了。

[03]

乔一柠原本做好全面备战的准备，但谁承想大魔王还真吃“撒娇”这一套，虽然话依旧少，但起码有商有量，在她遇到困惑的时候，还条分缕

甜甜的喜欢，安排

析地给她上了一课。

乔一柠和顾枝枝他们说起这事时，特效师一头问号地停下手中的工作，真诚发问：“你是不是给他下蛊了？他之前的态度可不是这样。”

乔一柠思忖片刻：“可能是因为我毕竟是ED的人，他不好说话太难听？之前的反馈都是他转述给同公司的成员，对方再一五一十地复述给你，少了一层传声筒，可能就拉近了人与人之间的距离。”

特效师眨了眨眼：“好像有点道理，但听着怎么这么奇怪。”

乔一柠不好说自己连撒娇卖萌的那一套都用上了，只能打哈哈糊弄过去。

倒是顾枝枝鬼马精灵，私底下偷偷告诫乔一柠要注意尺度。

“你看啊，他对你和颜悦色，愿意解答你的问题，偶尔还给你开小灶，这怎么看都是想勾搭你的意思，你自己注意点啊。”

乔一柠虽然不认同顾枝枝的想法，但确实留了个心眼。往后在与监工的聊天中，她时不时地透露出路决的存在，一会儿一句“不好意思，刚我老公拿水果给我吃，我没看到信息”，一会儿又说“前辈很晚了，我老公喊我休息了，后面的事情能不能明天再讲”。

屏幕另一端一眼看透的路决：……她是怀疑我绿我自己？

但乔一柠倒是正式成为ED与西爵之间的和平鸽，组长还调侃说，要不要给她弄面旗帜以示褒奖。

乔一柠面上谦虚地摆手，心里呐喊，旗帜有什么用，钱才有用啊！发钱最实际啊组长！

看出她内心戏的组长：“……”

组长欣慰地拍拍她的肩膀：“好孩子，做人就是要视名利如粪土！”

乔一柠心有戚戚，转头就将这件事告诉钟怡遥。

她和钟怡遥要一块参加晚上的同学会，同学会的地点在购物广场的四里酒店，班长说六点之前就要到场，一块在包厢用餐，之后再一块去唱歌。

但乔一柠和钟怡遥默契地约在了下午见面，这种久别重逢的聚会，想要吃饱是一件比较艰难的事情，所以为了不饿肚子，她们先行将肚子填了个半饱。

五点多的购物广场周围开始亮起霓虹灯，高楼上的彩灯在昏黄的背景下有些朦胧，四里酒店前面有一个十字路口，乔一柠和钟怡遥借着等绿灯亮起的间隙，笑着聊天。

四里酒店门前站了不少人，班长今天穿了一件亮黄色的外套，眼尖地看见她们俩，挥了挥手。

乔一柠脚下踩着日落和霓虹，眼前车辆疾驰，周身人群拥挤，对面还有踩着自行车刚放学的学生。乔一柠在此之前都没有那么强烈的感觉，这种因为再次于人潮中相逢的感觉，像是以往放学后，吃下的那颗柠檬糖。

人与人之间的缘分像一个永远不会停下来的齿轮，它不断向前滚动，没有人知道它接下来的轨迹，他们这一秒能因为缘分共享同一间教室，下一秒也能因为缘分，分散在世界各地。

甜甜的喜欢，
安排

绿灯亮起，人群自后向前拥，乔一柠突然觉得，他们就像毕业季那天放飞的白鸽一样，哪怕约定好共同的目的地，最后还是飞往了不同的地方。

乔一柠有时候会觉得有些遗憾，在能穿校服的年纪里，好像有很多事都没有好好去做。但即便现在的她，跑回去告诉十年前的自己，要珍惜，要好好学习，要去看看理科学神路决，估计十七岁的她也不会听。

这世间的教训，每个人都得受一遍，预警也没用。

[04]

乔一柠以前在班里就是四面通吃的人，她长得可爱，性格又好，所以人缘比别人都好上一些。即便面对许久未见的同学，只要他们伸出友善的橄榄枝，乔一柠也乐意统统接住。

但时间隔远的不仅仅是同窗情而已。乔一柠在第三次被询问买车买房没有之后，寒暄的心思便去了大半，只偶尔和钟怡遥咬耳朵，更多时候是支着脑袋听别人讲故事。

谁谁谁结婚了，谁谁谁生了双胞胎，谁谁谁刚买了第二辆宝马，又有谁限量款包包多到落灰，以前安静无声的同学，在此刻竟然话语连篇起来。

乔一柠以前在女生圈里吃得开，在男生圈里也被当团宠，此刻更是被女同学拿来做对照物。

她心里烦躁，面上却只能笑着回答。

没买车，没买房。

没出国旅游。

包包很少。

工资过得去。

没结婚。

乔一柠一顿，刚想解释，她们已经转回头继续聊下一个话题了。成年人的时间很匆忙，甚至没人注意到她欲言又止，张开又闭上的嘴。

她与钟怡遥对视一眼，无奈地耸了耸肩。她和路决结婚的时候既没有摆酒宴请，也没有高调告知，所以很少人知道她其实已经结婚了。不过不解释也好，免得还得问老公是谁、做什么、有钱没钱。

包厢里还空着几个位置，乔一柠旁边也有一个空位，她快速抬头扫了一眼，果然没有见到陆宴的踪影。她心里莫名一跳，正想着要不要跟钟怡遥换个位置，包厢门就被推开了。

陆宴姗姗来迟，身后还跟着两位女同学，他径直走到乔一柠身旁坐下，笑着跟众人道歉。倒是后面的女生忍不住替他解释说，她们来的路上因为事故耽误了，是陆宴特地绕过去接的她们。

班长立马调侃："陆宴果然和以前一样，绅士又温柔，在场的未婚女士，此时不上更待何时啊。"

大家的八卦雷达纷纷调到同一频道，问陆宴怎么回国了？没结婚是不是眼光太高？现在在国外做什么？

一看这架势，乔一柠总觉得是吴芝繁使用了影分身之术，冒名顶替了她的同学们。

陆宴长得好看，以前在班里爱慕他的女生不少，但那会儿与他走得近的女生只有乔一柠。

乔一柠此刻正听得津津有味，兴致上来还边吃边听，全然是置身事外的模样。

她专注地夹了一块牛肉入嘴，低头突然瞥见一双筷子伸了过来，往她碗里放了一块鱼肉。

她皱了皱眉，抬头看陆宴。

陆宴的视线没落在乔一柠身上，依旧在回答别人问的问题，这反倒衬得他夹菜给她的举动像是下意识的，显得异常暧昧。

陆宴接收到她的视线，转头小声问她："怎么了？"

众人的视线纷纷扫过来，乔一柠不好当场扫他的面子，正想摇头，钟怡遥突然提高音量"呀"了声，伸手将乔一柠碗里的鱼肉夹走了。

"一柠现在不怎么吃鱼了，她之前被鱼刺卡喉过，有阴影。你们也知道她胆小。"钟怡遥偏头对陆宴笑，"但我喜欢，这鱼肉就便宜我了吧。"

经钟怡遥一提，人群中立马有人想起高中他们自习课上看鬼片，有女生被吓得小脸煞白的事情。

就像被按了开关键似的，众人共同的记忆匣子被一举砸开，往事纷至沓来。

大家都在讨论高中的趣事，倒是没再将注意力放在陆宴和乔一柠身上，不过既然是趣事，自然而然也提起那次乔一柠爬树的伟大壮举。

有人说：“我记得当时理科班好多人都出来看了，一柠后来还被老班训了一顿。”

乔一柠一直对这段回忆耿耿于怀，奈何路决不肯说太多，当下便没忍住问：“理科班？”

“是啊，我记得我还看见路决了。路决你们还记得吧？”

“怎么会忘记！他简直是我们共同的噩梦啊，你们还记得他有一次模拟考发烧的事情吗？当时全校都以为路学神要惨遭滑铁卢了，但谁能想到那次考试，他还是拿了第一。就是擅长的物理没发挥好，但学神的发挥不好和我们的发挥不好可不一样。”

“我印象中他长得还挺好看，就是不太爱理人，话也很少。”

“也可能跟他当时经常出去参加竞赛有关。毕竟接触学神这种事，不仅需要勇气，还需要做好心理建设，不然一不小心就被秒成渣渣。他当时玩得最好的同学也就温瑞康吧。”

“不知道现在学神结婚没有？”

乔一柠一直安静地听着，企图从这些蛛丝马迹里，挖掘出当时自己的影子。

因为听得太专注，所以当她拿纸巾擦嘴时，顺嘴就接了一句：“结婚了。”

场面寂静，大家的视线再一次集中到她身上。

乔一柠想说，学神不但结婚了，结婚对象还是我这学渣，但这话一说

甜甜的喜欢。
安排

出口，需要解释的事情可就多了。

“结婚了……吧，”乔一柠干巴巴地笑，“他这么优秀，喜欢他的人肯定多。”

众人恍然大悟。

“这倒也是，我记得高中就有女生跟他告白了，闹得还挺大的，那女生前阵子不是也结婚了吗……”

场面再次寂静。

乔一柠正低头吃东西，见状缓慢抬起头，大家的视线又落在她身上，而且目光复杂。

不是，她就吃几块牛肉怎么了？看她干吗？

钟怡遥暗地里戳了戳她的腰，她身子一缩，过了会儿才反应过来。

那女生不就是前阵子和贺徊结婚的“小提琴”吗！而乔一柠在明面上可是贺徊交往七年的前女友啊！

看样子他们大多不知道路决打贺徊一事，只知道贺徊和乔一柠分手后，转头就和当初喜欢路决的女生结婚了。

乔一柠现下怎么也得有些表示，吃得太欢也太不像样了，所以她垂下眼，没说话。

班长见状出来打圆场。

“我们一柠这么好，还愁找不到好男人吗？”班长举起酒，“来来来，不说那些了，大家这么久没见先干一杯。”

乔一柠自知酒量不好，只抿了几口，但不知道是不是刚才多吃了几只醉虾，她总感觉整个人都有些倦下来，也不爱费力开口说话，索性一直听别人聊天，只在举杯时稍稍示意。

她正听得有些累，包里的手机突然响了一声，来了一条新短信。

乔一柠心里隐隐有些期待，点开一看，发现果然是路决。

。：还好吗？

一颗柠檬：嗯，我正听故事呢，我都不知道原来我们学校那么多八卦新闻，回去告诉你听。

。：好，少喝酒。

乔一柠指尖一顿，心里突然有些不舒服。

一颗柠檬：他们刚还说起你呢，感觉他们都对你了如指掌，只有我在关于你的事情上一问三不知。

路决这边正在和老四谈公事，因为手机上登录的是工作账号，所以他只能在电脑上和乔一柠聊天。

他能感觉到乔一柠的情绪不太对，他思忖了几秒，才慢慢敲字回复。

乔一柠正等着路决的回复，陆宴却凑过来搭话。

“有急事？”陆宴贴心地问，“要不要我先送你回去？”

乔一柠一边摇头，一边揉了揉发痒的左眼：“不用，我可能就是有些累。”

陆宴像是犹豫了很久，此刻终于决定将话挑明：“当年出国，我没有提前跟你说，你是不是一直怪我？”

乔一柠因为喝了酒，反应有些慢，正当陆宴先入为主，以为她默认时，她才连忙否认："没有，又不是什么大事，谈什么怪不怪的。"

"你一直没联系我，我以为你……"

乔一柠笑了笑："你也一直没联系我啊。"

乔一柠以前和陆宴经常待在一块，多少是知道陆宴的为人的，他虽然看上去绅士、温柔、谦虚，身上贴满容易让人亲近，甚至恋慕的标签，但是他其实是有些自傲的人。他之所以一直没有联系乔一柠，大概率是等着乔一柠主动凑上前。

果然陆宴没及时接话，倒是一直在暗中观察的众人，莫名达成默契，调侃他们。

"以前上学时，你俩就走得近，现在还偷偷说小话呢，"有人醉意上脑，兴奋地起身，"来来来，你俩喝一杯！"

众人纷纷起哄，似乎是打定他们单身，想做一回媒人，开始起哄要他们喝交杯酒。

喝一杯倒是没什么，但交杯酒可就过了，偏偏陆宴没有拒绝的意思。

钟怡遥想说话打圆场，但大家料定了她和乔一柠玩得好，借机拉着她说话，平时巧舌如簧的钟怡遥硬是没顾上替乔一柠解围。

乔一柠骑虎难下，拿着酒杯有些头疼，所以她才不喜欢聚会，三个人都能一台戏，这儿有好几桌人呢。

陆宴大概看出她的尴尬："要不就碰杯吧。"

一道女声插进来：“碰杯没意思，就要交杯酒，反正男未婚，女未嫁，怕什么。”

乔一柠十二指肠都悔青了，让你不解释！让你刚才不解释！

她站起身，打算亡羊补牢一回：“我其实已经结婚了，我……”

“一柠，你这可就没意思了，刚才不还说没结婚吗？这时候怎么又结婚了，怕不是骗我们吧！”

“对啊，大家都是老朋友了，闹这出不好吧。”

老朋友个球！你们笑话我没车没房的时候，可不是这嘴脸。

乔一柠正思考着怎么逃过一劫，起哄声骤然一断，身后的包厢门一开一合，将在场人的视线都吸引了过去。

“您怎么过来了？”跟着路决进来的经理低着头问，“怎么没事先说一声，我好给您安排包厢。”

“我找人。”

路决原本是抱着试一试的态度，去前台提了一句陆宴的名字，但没想到乔一柠他们班的聚会包间还真是陆宴预订的。

路决不请自来本就不好，就想先让经理下去，但转头他就迎上乔一柠的视线。

路决眉间皱起，表情瞬间冷下来，这怎么还哭上了。

乔一柠完全是愣住的表情，但因为方才揉过眼睛所以左眼眼尾有些红，在灯光下看起来有些委屈。

路决的视线扫过站在乔一柠旁边，一并举着酒杯的陆宴，结合刚才进门前听见的起哄声，他迅速明白过来。

他的笑意不达眼底，像是认真在问身边的经理，目光却落在前方："酒店的服务宗旨，专注每一位客人，那逼人喝酒的事，你不管？"

经理后背冷汗淋漓："这……这客人的事情，我们也不好管。"

路决往乔一柠身边走过去，掷地有声："路家的人，怎么会是客人？"

这下不仅是经理愣住，在场所有人皆是一脸茫然。

乔一柠下意识地往前走了两步，心里松了一口气："你怎么过来了？"

路决拉住她的手，拇指在她的手心按了按像是一种隐晦的安慰。

"你没回信息，我怕出什么事。"

怕出事是假，他原本就想过来看看，只是这下正好有理由。

路决将乔一柠手中的杯子取下，转身和陆宴碰了杯，宣誓主权的意味很浓："麻烦你照顾一柠了。"

他喝完酒又转头，谦谦有礼地向屋内一众目瞪口呆的人道歉："不好意思打扰大家，我是路决……"

乔一柠接过路决手中的空杯子放在桌上，顺势接话：

"嗯，也是我先生。"

[05]

四里酒店四楼的露台很宽敞，中间还有小型喷泉，旁边更是设有遮阳的休息座椅，整体的设计风格有点像阳光房，夜间里面只有顶端的一盏暖黄色小水晶灯。

当初为了设计感，搭建的玻璃材料并不光滑，有些像菱形，里侧的灯光一落就会有一种闪光的效果。路决之前还觉得好看，此刻却半点兴致都提不起来，目光完全落在里面坐着的两人身上。

钟怡遥不知何时站在路决旁边：“你不用担心，一柠现在满心满眼都是你。她虽然没说，但我和她认识这么多年，还是第一次看她将一个人完完全全挂在嘴边。”

路决抬头看她。

钟怡遥说：“她就这个德行，小心思总是袒露给不相关的人知道，在当事人面前缩得比谁都快。”

路决想纠正钟怡遥，乔一柠在他面前可没缩着做人，她还踩在他肩上要月亮，要星星的。但他想了想，又觉得没什么好解释的，乔一柠要的月亮和星星，是他心甘情愿给的。

乔一柠此刻听着陆宴说话，视线却毫不掩饰地频频去看路决。

“你和路决结婚，我挺意外的。”陆宴突然开口。

“喜欢就在一起了，也没什么好惊讶的。”乔一柠笑了笑，语气却有些着急，“你找我是有什么话要说吗？”

乔一柠的着急毫不收敛，陆宴自然能感觉到，以前乔一柠只会冲别人不耐烦，对他却是有十足的耐心，但是现在不一样了。

陆宴眼底满是自嘲：“我之前听说贺徊结婚的事情，还想着我们或许有可能，毕竟我们也挺合适的……”

“合适吗？”乔一柠歪了歪脑袋，笑得有些绝情，“陆宴，你其实并没有多喜欢我。”

灯光在陆宴的侧脸落着一块阴影，他下颌紧绷，笑得很勉强：“这样说，未免也太不近人情了，我之前回国也联系过你。”

“你指的是那些以同学之名，一大群人的聚会吗？”乔一柠将手臂搁在腿间的抱枕上，想是在认真思考，“如果喜欢一个人，会忍住不单独约见对方吗？”

“那是因为那时候你和贺徊在一起。”

“那贺徊结婚的时候，在我被看笑话的时候，你为什么没有联系我？”

乔一柠和贺徊有名无实，她自己心里清明，当初除了觉得有些生气之外，并没有过多的情绪。但是在别人看来，是她和贺徊甜甜蜜蜜七年，她一朝被踹开，男朋友与别人步入婚姻殿堂。

如果陆宴真的喜欢她，又怎么会忍心放任她一个人。

陆宴声音低了些：“当时……不合适。”

陆宴出生在大家族里，平时最是看重体面和表面功夫，他从不做失礼的事情，也不会让别人难堪。他为人处世周到圆滑，自尊心极强，怎么会做让自己丢脸的事情。

乔一柠甚至都怀疑，陆宴有一天会成为八风不动的神人。

可是，真的就有这么一个傻子，莽撞地独闯婚礼后台，将贺徊打伤，仅仅是觉得她受欺负了，所以要替她出气。

那是在别人眼中高高在上的路决。

乔一柠这会儿真心觉得有些想笑，她眼睛弯着，语气甚至有些欢愉："所以我会和路决结婚，因为他当时将贺徊打了一顿。"

陆宴抬头看她，显然也有些讶异，过了会儿才恍然点头："原来是这样，看来他当时就已经喜欢你了。"

乔一柠没明白这句话的意思，陆宴看了她一眼，才有些尴尬地开口解释："高中那会儿，你在小礼堂发高烧那一次，你还记得吗？"

乔一柠一愣，心跳声有些剧烈。

陆宴说："当时陪在你身边的人是路决，不是我。当天比赛结束之后，我就离开了礼堂。后来我打完球回宿舍，听到路决在礼堂窗后的声音，才跑去教导处找老师拿钥匙。我当时看见你在路决怀里含混不清地说话，心下一急就从他手边将你抱起来送医务室了。后来也不知道怎么传的，都说当时我们一块被困在礼堂，是路决拿钥匙解救了我们，我当时有私心，所以没有解释。

"出国之后，我很快就将这件事忘了。要不是刚才看见路决，我也记不起来，虽然是件小事，但我还是觉得应该跟你说一声……"

乔一柠像一朝坠入冰湖，寒冷的感觉从脚底一直蔓延到她僵住的手臂上。

甜甜的喜欢，
安排

“你怎么能觉得它是一件小事……”

乔一柠张了张嘴却没说下去，无论她现在说什么都于事无补，即便她将陆宴打一顿出气，也没办法改变，她当时因为认错人造成的后果。

乔一柠的背脊绷紧得像根长弦，她其实已经不太记得当初的事情，她烧糊了脑袋，说话也是颠三倒四，因为发烧引起的冷热反应很强烈，她只记得有人抱着她，一遍又一遍地安抚她。

整个礼堂都是冷的，只有身后一处温热，她一会儿喊热，一会儿又缩着脖子往里钻，对方只能抱着她，低头给她擦手心的汗。

正是因为那件事，她之后才会先入为主对陆宴产生别样的情愫。

少年人的喜欢最是热烈和莫名，而当时就是因为那个拥抱，她才一心沉沦。

乔一柠骤然想起，方才餐桌上他们提起路决带病参加的那次模拟考试。那场模拟考试就在朗诵比赛结束后的第二天，路决说不定就是因为她才生病，考试才失利的。

而她当时在做什么？她一心抱着对陆宴的小心思，处处讨好对方。

乔一柠一下就心疼了，她之前仗着路决喜欢她，肆意耍赖，恃宠而骄，因为知道对方不会责怪她。她像是小偷一样，缓慢地从他身上偷取耐心和纵容，是爱给她任性的权利。

但是现在看来，她年少时的怦然心动，懵懂下突生的春心，皆因他一人而起。

她十七岁时就已经喜欢上他了。

路决发现乔一柠的表情不太对劲，起身时甚至还绊了一下。他有些担心，上前还没来得及开口，乔一柠就伸手抱住了他。

晚风倚在她肩上，在她落入路决怀里时，融化成胸口的片片温热。

路决捏了捏她的后颈：“怎么了？”

乔一柠将脑袋搁在他的肩膀上，看着他身后的夜空小声说：“原来我一直弄错了，我以为当年在小礼堂陪着我的人是陆宴，原来那人是你。”

她从路决怀里出来，仰头看他：“我上大一那年，我们在西行大学的礼堂遇见那次，你来找谁？”

凉风蜷缩在路决的指缝中，转瞬又被握紧碾碎，他手指握紧又松开，反反复复。

半晌，路有些哑的声音才响起：“找你。”

十八岁的路决，还没有完全接触这个世界，他心里仍旧有少年人的意气风发和果敢。他第一次挑衣服的时间比往常做卷子的时间还长，他一遍又一遍地复述明天要说的话，他想着明天见到乔一柠，她会是什么反应。

他在脑内反复临摹很多遍，固执地将所有的可能性都一一列举，但他唯独没想到，乔一柠会问，他是谁。

“高中毕业那天，你哭着对我说，让我以后要去找你，不能忘记你，所以我才去找你。但我后来才知道，你当时喝醉了。”

她喝醉了，所以醉意昏沉时对任何人都说过如此暧昧不清的话。

她喝醉了，所以不知道当时所有人当之笑话，唯有他当真了。

“我当时不知道自己误会了，所以很生气，而且……我也会觉得挫败，所以什么都没说就走了。后来听说你和贺徊在一起，我就没有再找过你。”

乔一柠声音一颤：“那你就不想要个答案吗？”

路决的声音低低沉沉，带着难掩的稚气。

“我现在已经等到了。”他抬手将乔一柠抱进怀里，声音轻得像夜间悄悄闭合上的睡莲，“对于我来说，等多久都没关系，等到我想要的答案就行了。”

乔一柠见过路决不同的样子，但唯独卸下一身傲气，爱着她的路决，最是让她难过。她喜欢他，所以希望他永远高不可攀，闪闪发光。

乔一柠口袋里的手机屏幕在动作间被触亮，上面有一条未读信息，是方才路决回她的短信。

。：但是他们都不知道我喜欢你，只有你知道。

[06]

街边的霓虹落在路旁的水洼里，被经过的车辆撞碎，转瞬又融成原本的模样，乔一柠从它旁边踩过，荡起细碎的涟漪。

城市很安静，街边的行人很少，只有车笛声起起伏伏，乔一柠牵着路决的手，一步一步地往前走。

乔一柠以前即便是在人潮中，也会觉得孤寂，但现在没有人流，没有喧嚣，身旁只有路决，她却觉得她的世界已经是满的。

乔一柠晃着路决的手，往前去踩他们贴在一块的影子：“我们这样丢下车走回家，真的没关系吗？”

“我已经让人把我的车开回去了。”乔一柠走得歪歪斜斜，路决怕对方摔伤，目光一直紧紧地盯着她，“别单脚跳。”

乔一柠置若罔闻，玩心大起，边大步往前踩边说：“路老师，你到底瞒了我多少事啊？我说去四里酒店参加聚会的时候，你怎么没说酒店是你家的。”

路决突然停下脚步。

乔一柠本是随口一说，但没想到误打误撞，还真让她揪住了路决的小辫子。

路决伸手去拿口袋里的手机。

乔一柠哭笑不得：“不是，路老师，你坦白之前不会还得打草稿吧。”

路决没说话，在屏幕上点了两下，过了会儿，乔一柠落在包里的手机振动了一声。

“干吗啊？”乔一柠笑着拿手机，“你还不好意思说了？”

乔一柠点开信息扫了一眼，绿色框只落着两个字。

右边。

乔一柠转头去看路决：“什么右边啊，我的右边不就是你吗？”

路决轻轻咳了一声，没说话。

甜甜的喜欢，
安排

乔一柠本来笑着，但过了会儿她就笑不出来了，猛地低头又看了一眼手机。聊天框旁边的头像不是熟悉的剪影，而是一个立体的机器模型。

这个模型，当初乔一柠还跟顾枝枝吐槽说，头像代表一个人的一小部分内心，说明西爵工作室这顾问的心，跟这机器人似的又硬又冷，不好接触。

但是现在这个又硬又冷的人，正站在她的右手边。

路决忽然感受到山雨欲来时的平静，快速往前走。

他不跑还好，一跑乔一柠心里的愤怒顿时战胜了惊讶，火冒三丈地追上去。

长街的路灯将他们的身影拖长，汇进昏暗的角落里，路边的车笛声响了一声又一声。

钟怡遥坐在后车座，看着乔一柠助跑几步猛地跳上路决的后背，边哀号边去摇晃对方的脖子。路决紧紧抓着她，往前跑，夜风将他额前的头发吹起，笑声像左摇右晃的背影一样，拖长又消散。

车窗外的他们逐渐离她远去，钟怡遥笑着收回视线，关上窗。

喜欢会改变一个人。

但爱会让人永远少年。

钟怡遥不知怎的就想起少年时的江耐，忐忑又故作镇定地问她，大学考哪里的江耐。

她缩了缩脖子，突然预感到今年的冬季，好像会比往常都冷。

第九章

我的喜欢不需要回应，望你平安

[01]

十一月底，苏邻下了第一场雪。

那天是周六，也正好是柳雨听的生日，乔一柠一早就和路决带着礼物回了路家。

柳雨听向来考虑周到，这次生日不仅邀请了亲戚过来做客，连乔一柠的家人也一并邀请过来了。

吴止原本觉得不便，婉拒了柳雨听的好意，但路蒋易得知后特别不满意，执意要亲自去接他。

天寒地冻，路蒋易年纪又大，大家不敢让他

来回折腾，最后还是路建廷亲自去接的人。

路蒋易一直坐在门口等，乔一柠怕他受冻，又给他披了一件外套。

院外的雪又覆了一层，车轮轧过雪地的声音终于由远及近。

路蒋易迫不及待地推门走出去，吴止一下车就看到披着外套的路蒋易，熟悉的念叨声又响了起来。

“慢点，慢点，你多大年纪你不知道啊！你着急什么啊，我又没给你带糖。”

路建廷闻言，一愣：“吴叔，你刚不是给我爸买了酥糖吗？”

路蒋易一听，嘴角都要咧到眼尾了，倒是吴止板着脸，又气又笑。

“就你嘴快！”

乔一柠迎着他们进屋，吴止见到又是一顿问，左右都是那几句——“路决有没有欺负你”“钱够不够用”“工作忙吗”。

这世上的关心，大抵都大同小异，细致又繁杂，特别是上了年纪的长辈，还容易将话重复说，将问题重复问。但乔一柠喜欢这个唠叨式的关心，所以每次都耐心回答。

吴止看着凶巴巴，但其实特别敏感，你要是一回不耐心，应付了事，他下次就不会再问了，乔一柠不喜欢这样。

柳雨听心情好，亲自下厨煮了一桌子菜，倒是平时掌勺的保姆阿姨，在一旁“哎哎呀呀”地提醒，生怕她弄伤了手。柳雨听笑着让她放宽心，转头却真打碎了一个碗。

保姆阿姨脸色一僵，老话说，大喜日，打碎碗筷是不吉利的。

柳雨听见状，忙说："多好啊，'碎碎'平安呢！大家都能身体健康。"

保姆阿姨闻言，蹲下身收拾的间隙，暗自松了一口气。

乔一柠看在眼里，终于能明白路决虽然少言寡语，但为何心思细腻。

"想什么？"

乔一柠转头才发现路决不知何时站在了她身边。

"我想啊，我家路老师这么好，万一跟别的猫猫狗狗跑了怎么办。"

乔一柠眯着眼笑，心里却在想，路决要是敢跟别的猫猫狗狗牵扯不清，那就别怪她手起刀落宰了他！

乔一柠不知道自己的所思所想，已经悉数表现在脸上，被路决看了个透。

路决抬手去捏她的嘴，乔一柠刚想反抗，嘴里就被塞了一颗糖。

乔一柠舌尖一卷，尝到了很香的花生味，是酥糖。

"这封口费不够啊。"

说着不够，脸上却乐开了花。

"不跑。"路决捻了捻沾上碎屑的手指，起身去拿纸巾，"养你一个就够了。"

午饭之后，路蒋易和吴止又窝在一块玩游戏，柳雨听带着客人们在院子里沏茶聊天，路决也被拉着一块说话。

乔一柠最怕这种亲戚齐聚，三堂会审的场面，连忙找借口逃了。

甜甜的喜欢，
安排

她实在无聊，只能陪路决的表妹玩乐高。

路决的表妹今年七岁，但人小鬼大。她自知路决对乔一柠百般纵容，一见到乔一柠就嚷着想要路决书房里拼好的威利号汽船。

乔一柠实在不会拒绝小孩子的撒娇，但路决既然把汽船留在书房里，肯定也是心里爱惜。她怕好心办坏事，便跟小表妹商量，拿了汽船去问路决肯不肯割爱。

乔一柠之前和路决回来时，多数是吃完晚饭就走，很少留宿。即便在此住下大多数也是在客厅和路决房间来回走，她倒是没去过路决的书房。

她原本以为路决在路家的书房和在雨观街的书房，所差无几，但当她上到二楼，推开长廊尽头的书房时，却有些惊讶。

比起雨观街的书房，路家的这书房更像是路决的小天地，乔一柠仿佛能够透过它看见少年路决的影子。

书房里依旧有占了差不多整面墙的书架，但旁边多了很多小架子，上面除了书籍还放了很多画册和模型，其中有一个玻璃展示柜，里面放着满满的奖状和奖杯，乔一柠甚至还看见了临湖高中颁发的“科技小发明”奖。

“在抽屉里！就是这个！”表妹指着角落的柜子。

乔一柠走过去，从抽屉里找出汽船给她。表妹拿到汽船一脸雀跃，一刻不停地跑出去找路决。

乔一柠推好抽屉，刚准备离开，起身就扫到那一列画册。

乔一柠以前为了学习，曾经买过很多画册来研究，但路决怎么也买画册？他可从没有跟她提起过，他喜欢画画这件事。

有了之前“字条”一事，乔一柠瞬间想歪了。

这不会又是哪个匿名女生送的礼物吧？

乔一柠心下好奇，便抽了几本画册，盘腿坐在地毯上翻看。

这几本画册她都很熟悉，因为她大学时往上面投过稿，还拿稿费吃过好几顿火锅。

乔一柠翻开每本画册的目录，视线顺着作品名扫过去，果然在里面看到自己的作品。但她越往后翻，越是紧张，像是一颗心被用力攥住一样。

她起身将所有画册都放在地上，一一翻过目录，待看清时不由得愣住。

她原本以为只是巧合，但是大学时，她给这个漫画公司一共就投过五次稿，而路决买的五本画册，正好就是登有她作品的那五本。

路决在收集她的作品。

如果说在此之前，乔一柠还能够故作镇定的话，但在她翻看最后一本画册时，她已经无法再保持镇定了。

最后一本画册里面夹着一张照片。

是十七岁时的她，站在临湖高中跑道上的一张照片。

照片被保存得很好，仿佛真能从此窥见少年时的乔一柠。

路决收集有她作品的画册，保存她的单人照，从大合照里截下两人唯一的合照做屏保，他从来不会为自己多言一句，但他做的每一件小事都能轻易地将她的心戳疼。

甜甜的喜欢，
安排

他的喜欢是沉默的，就像他的温柔一样，是断壁残垣处开出的花。

他无声又隐匿地爱了她很多年。

乔一柠的指腹摩挲着照片，半晌才察觉到什么，她翻开照片，在雪白的照片背后，落着一行字。

每一笔，每一画，都像坠着寒冬里凛冽的风。

乔一柠的眼眶里有泪，但怕滴落在画册上，只能用手肘用力压在眼睛上。

她身后是高大的书架，眼前是一份沉甸甸的喜欢，能听到窗外路决说话的声音，夹杂在众人的声浪里，很平常，一点都不显眼，但她就是听见了。

就像渺小的她，于千万人之中被路决喜欢上一样。

乔一柠从来都不认为自己是耀眼的人，是因为路决的光落在她身上，才让她褪去平庸，恍若星光。

她闻声走到窗边，窗外的云层里渐渐有光洒下来，天空正在放晴。她低下头就能看到站在院门前的路决，众人围坐在一块，只有他独身站在几米之遥。

他是人人钦羡的天之骄子，他也是孤寂清冷的路决。

他站在纯白一片的雪地里，周身只有一串从屋内蔓延到他脚下的脚印，浅薄的阳光落在他眉间，在雪地上拖出一道细长的影子。

然后他抬头往上看，乔一柠猝不及防与他对上眼，她趴在窗子上，笑得鼻尖微微发红，她的声音被风卷散，又一字不落地停在路决耳边。

“路决！我看到你了！”

我看见你了，你的喜欢便不是你一个人的。

时光像一瞬间回到那年盛夏，当时路决站在理科大楼的四楼，乔一柠刚从百年大树上爬下来，楼上的男生在推挤嬉闹声中，开口喊她的名字，她便仰着小脸往上看。

他兵荒马乱的青春便从那一刻开始，又在那一刻终结。

别人的青春人来人往，纷纷扰扰，但他的青春从头到尾，都只有她一人。

[02]

柳雨听的生日过去的第三天，路决收到了来自临湖高中的邮件。

临湖高中的现任校长之前是路决班上的班主任，去年从主任晋升为校长，今年是他第一次带领高三毕业班，所以连忙联系了路决让他回一趟母校，给学弟学妹们开冬季的动员大会。

“你也不用多说什么，你的那些成绩早就在我们学校传遍了。”校长话里带笑，显然是很开心，“这次主要就是想要你给他们打打气，解解惑之类的，当然，老师也很想见你。”

话已至此，路决实在不好推托，只能应承下来。

校长乐得声调都提了提，忙说当天给他准备了校服，到校后让路决直接到校长室找他。

乔一柠当时正支着耳朵在一旁偷听，路决突然抬头看了她一眼，拿着手机转了个身。

甜甜的喜欢，
安排

“老师，能麻烦你再准备一套女生的校服吗？”

乔一柠一愣，秀恩爱秀到昔日老师身上了！听不得听不得。

但乔一柠心里的欢喜压不住，只能偷偷通过视频电话告诉钟怡遥，钟怡遥得知他们要回母校，羡慕得不行。

“主要是校服,我做梦都想再穿一次校服回高中！但现在被你实现了，我也开心,你记得帮我看看老班的头发还在不在！我记得我们毕业的时候，他的头发就已经所剩无几了，哈哈哈……”

“还有，我们教室外的那棵树看看还在不在！”

“还有，还有，食堂里的李阿姨如果还在那里，你帮我还五块钱给她！我高三有一次吃饭忘带饭卡，刷的还是她的卡。哦，这么多年过去了，肯定不止五块了，存银行里还有利息呢，你帮我给一百块啊！你记住了！”

乔一柠的笑声熄了又燃，乐到后面都说不出话。钟怡遥也是一边笑一边含混不清地说话，最后两个人终于停下来，对着视频看彼此的脸。

她们明明什么都没说，却好像在那几秒时间里，将所有的话都说尽了。

四季轮换，新岁换旧年，我们仍然在一起。

永远在一起。

冬季动员大会在周五下午两点在临湖高中的小礼堂举行。

当天下午，乔一柠先行去小礼堂旁边的洗手间换校服，她原本就长得显小，乍一看更是与当年无异。乔一柠俯下身洗手，水龙头里的热水直下，她搓着手指，盯着指缝的目光突然一动，抬头往右边看。

她抬眼的瞬间，路决正换好高中的校服，从拐角走出来，窗边的光正好落下来像躺在他肩膀上的星星。

乔一柠很难去形容那一刻的感觉，她之前在记忆里反反复复，翻了一遍又一遍，她努力去找寻路决年少时的影子，但往往最后记得最清楚的是毕业照上的路决，是昔日陌生稚嫩的路决。

直到这一刻，她眼睛里的路决，鲜活明亮，仿佛从很久以前的时光里穿梭而来，他站在她面前，平常得恍若当年课间，偶然的一次碰面。

“我是不是在这里遇见过你？”乔一柠靠着洗手台，笑着看他，“我总感觉好像在这里和你说过话。”

路决走到她旁边，拉起袖口洗手：“我们确实在这里说过话，在高三成人礼那天。”

临湖高中每年的成人礼都规定得穿正装，男生是白衬衫和黑裤子，女生是白衬衫和百褶裙。

这会儿正值午休时间，校园里很安静，他们就像偷偷逃出宿舍的调皮学生，在隐秘的角落里说着悄悄话。

乔一柠没想到自己还真记住了一些事情，忙追问路决，他们当时说什么了。

路决与她对视，有意摆出一副为难的模样：“你那天和人打赌输了……过来扯了我的领带。”

甜甜的喜欢，安排

乔一柠一脸惊魂甫定，显然被自己的胆大妄为吓破胆："不是吧，我以前这么流氓吗？连学神的领带都敢扯？"

路决牵着她，走去礼堂："不仅扯了，还调戏我了。"

乔一柠郁结，她当时不会霸王硬上弓了吧？但没可能啊，如果她真的对路决做出了什么十恶不赦的事情，临湖高中现任校长肯定第一个将她挫骨扬灰了！而且如果是那样，饶是她记性再差，也不该忘记这事吧！

乔一柠想清各种缘由后，眼睛里满满都是怀疑："你不会是在诈我吧？"

路决笑而不语，径直往礼堂走。

[03]

校长将乔一柠的座位安排在礼堂后面，四周坐着的都是临湖高中的老师。乔一柠脱离校园已经很多年了，但在老师堆里坐着时，仍然是心惊胆战，只有偶尔看见眼熟的老师，心里才踏实一些。

昔日的老班，林老师，与她隔了有一段距离。因为之前答应过钟怡遥，所以乔一柠还特地探头看了看林老师的头发，万幸看见他没秃成平地时，她提起的心就放下了。

校长致辞之后，路决上场，果然如同校长所说的那样，同学们的热情很高，下面掌声雷动的同时，还伴随着小小的惊叹声。

乔一柠与有荣焉地挺了挺小胸膛，在路决演讲时更是眼冒星星。

这么优秀的人是我喜欢的人，这么优秀的人，他喜欢我。乔一柠越想越兴奋，恨不得三步并作两步上台，当着全校的面和路决将婚礼补上。

演讲之后还有十分钟的提问环节，路决为了拉近距离，索性直接走到舞台边的台阶上坐下，周围又响起小小的欢呼声。

但幸好举手提问的同学没有被美色所惑，问的都是学习上的事情，路决也耐心回答。最后一位举手的同学，在短暂停顿之后，问了一个有些不一样的问题。

他问路决，在高中时期，有没有很遗憾的事情。

路决的麦克风落在下颌处磕了一下，过了会儿才抬头往台下的人群看过去。

乔一柠不知道，他是如何在众人里找到她的影子，又直直与她对视。

整个礼堂在她耳边都安静了下来，他人的声音仿佛远去，她只听到路决的声音。

“有，但是我已经在很多年后的今天，填补了遗憾。”

路决站起身，走回舞台中央，做结束语：“我其实不太擅长这种演讲，但是校长说要让我鼓励鼓励你们，事实上能不能鼓励到你们，我也不知道。”

底下一阵笑声，似乎都被路决的坦诚逗乐了。

路决说：“但我自己一直在走的一条路就是，努力学习，无畏前行。

“人生的每一个阶段都不见得会有清楚的答案，你可能也不知道自己所做的事情，在当下是对是错，你甚至在这一刻都不知道自己要考什么大学，

甜甜的喜欢，
安排

但是没关系，人生就是选择题，无非是自己选择，或是被迫选择。你要做的就是，成为有资格自己做选择的人。

“命运掌握在自己手中，但你首先得是你自己。

“你得成为自由、有资本、独立的自己，那样才能去做想做的事情。”

……

乔一柠从小礼堂出来的时候仍旧没回过神，她好像是第一次见路决说那么多话，以往路决只有在大学授课时，话才会多一些。

路决是真的想要将自己所认为的有用的东西，告诉这些稚气未脱的小朋友。

乔一柠忍不住小小喟叹一句，真是温柔的路老师。

演讲结束之后，全体高三学生都得返回教室上课，乔一柠带着路决偷偷去办公室见了林老师，之后又去看了以前的教室。可惜的是，食堂的李阿姨已经不在那儿工作了，乔一柠只好拿着钱去旁边的小卖部，买了两杯热奶茶。

虽然今天无风无雪，但室外依旧刺骨，路决怕乔一柠冷，趁她在等奶茶的间隙跑回车里拿了两人的羽绒服。

乔一柠穿着厚厚一层衣服，手正被路决拉着戴手套，等路决想把第二条围巾给她围上时，她才不得不喊停。

他们从食堂绕到图书馆，又从图书馆绕去操场。

操场旁边是高二的教学楼，教学楼里断断续续传来老师通过扩音器传出的声音，乔一柠听到古诗时，下意识地跟着接了一句，反应过来后又觉得啼笑皆非。

“我高三的时候还来操场背过书呢。”乔一柠因为穿得太厚，只能笨拙地冲远处比画着，“就那棵树旁边，不是有石桌吗？我就在那背书，文综里最难记的就是历史，那时候我和钟怡遥经常互相问历史事件发生的时间，什么罗斯福新政啊，共产党建立的时间啊，满脑子都是数字在转。

“还有，篮球场那边，有一次发生群架，我被拉着过去凑热闹差点被误伤。

“体育室的架子上不仅有运动器材，还有被收缴上来的零食。

“体育考试，我只能跑 801 米，那一米还是我用生命拖过去的，还好考试及格了。”

乔一柠每说一个地方，就感觉自己往日的影子正在那里做着当年的事。

“还有最重要的，”乔一柠在跑道上站定，转身面对面地看着路决，“我十七岁那年，站在这里，被偷拍了一张照片。”

路决呼吸一窒，他方才一直安静地听着，全然没想到这件事，此刻猝不及防就被对方拆穿，他在惊讶之余竟然有点想逃。

乔一柠身后是围着学校围墙生长的棕榈树，树上还有昨夜落下未化完的雪，再远一些便是浓雾重重的城市高楼，这与当年他拍下那张照片的场景一点都不像，但他却感受到同当年一样的心情。

唯一不同的是，在这一刻，她的目光不再看着别人，而是落在他身上。

路决喉结一滚，欲言又止地站在原地。

那年藏在昏暗角落里，偷拍的少年，他喜欢的女孩，终于将视线看向了他。

路决从来不信运气，他认为所有的一切，所有的生命轨迹，都是靠自己一步一步走出来的，但是唯独乔一柠，是他靠努力也无法拥有的幸运。

这个冬天很冷，但是又好像一点都不冷。

乔一柠的大半张脸都藏在围巾里，唯一露出来的眼睛，专注深情得像在进行一场宣誓。

她说："我也喜欢你，这就是我对你的回应。"

路决画册里的那张旧照片，它背后落着一行字。

那是十七岁的路决，双手捧上前的真心。

——我的喜欢不需要回应，望你平安。

[04]

从临湖高中回来之后，他们的生活又像以往一样周而复始，上班下班，晚上一块窝在沙发里看电视。乔一柠又开始了新的一轮调养，每回喝药都要从路决口中讨一些好处，隔三岔五，软硬兼施地要吃火锅，五次里能有两次成功。

他们和所有人一样，过着平淡又忙碌的生活，会有争吵，但也会和好，偶尔还能打闹着上手，但大多数时候路决只是抱着乔一柠，他怕乔一柠打他，又怕乔一柠自己把自己摔了。

最后两人协商休战，转头又一块开开心心地出去吃饭。

路决就是西爵工作室顾问的身份，乔一柠也没瞒着，同事知道后集体哀号，扬言要补偿，路决就在某天下午让人送了甜点和奶茶过来，原本跳脚的众人，瞬间被收买，还说会好好照顾乔一柠。

《游梦》在十二月初上映了，乔一柠拉着路决去看了零点的首映。

电影开场前几秒，整个银幕上都是乔一柠当初一笔一画完成的宣传海报。海报上的少年站在天空和汪洋中间，他脚下是命运旋转的齿轮，两边是四季更迭，海浪和风声仿佛从银幕里落下来，乔一柠听到身后有人小小惊叹一声，好好看呀。

她此前所有的努力和无眠，都变得值得。

海报只停了短短的几秒，但乔一柠在那一瞬间，一下握紧了路决的手。电影院里光线很暗，只有银幕上的光落在她眼睛里，然后她转头去看路决，路决的眼里便也落了光。

他们的手在黑暗中握紧，彼此靠得很近，路决突然有一种冲动，他二十七年来，第一次不假思索就将话问出了口。

他说："你愿意再嫁给我一次吗？"

那些没有填补上的遗憾，便都由此得以完整。

乔一柠和路决要补办婚礼，双方家长都喜上眉梢，柳雨听更是第一时

甜甜的喜欢，
安排

间就去找人算了几个合适的日子，最后双方定了十二月的最后一天，也就是元旦的前一天举行婚礼。

乔一柠之前不想举办婚礼，是因为当时的她还没有完全爱上路决，所以也不觉得穿婚纱，念誓词有多么神圣，但现在她心里有喜欢的人，她就想为对方穿一次婚纱。

婚礼举行的前几天，乔一柠和路决都请了假，专心在家里忙婚礼的事，乔一柠在核对邀请参加婚礼的人是否有遗漏。

她盘腿坐在客厅的地毯上，路决倒了一杯水给她，顺势也坐了下来。

路决看着列表，突然说："你请贺徊了吗？"

乔一柠一脸"你在说什么"的震惊表情。

路决示意她，把名字补上。

乔一柠总有一种不安的感觉，试探着问："你不介意？"

路决拿起水杯，将杯口压在乔一柠唇齿间，让她喝点水："不介意，上次道歉不够诚意，这喜帖就当是正式道歉。"

乔一柠想反驳，喜帖算什么道歉啊，你分明就是还在吃醋！但杯沿落在唇边，她一张嘴就被路决喂了好几口水，顿时说不出反驳的话。

[05]

婚礼那天，乔一柠早早就被钟怡遥从被窝里拉起来化妆，她睡意蒙眬，任美妆团队的成员，给她化妆穿婚纱。其间，吴芝繁进来过一回，看两眼哭一回，乔一柠见不得她落泪，鼻子一酸，眼眶湿漉漉地劝她。

吴芝繁看向镜子里的乔一柠，声音哽咽：“你要是受委屈了，就回家，妈妈给你做好吃的。”

乔一柠像被戳了开关似的，再也忍不了，眼泪一直掉。站在一边的钟怡遥见状，也哭了起来，化妆团队一时手忙脚乱，一边劝她们别哭，一边给她们补妆。

乔一柠和路决都是在酒店里做准备，等时间差不多才分开去教堂。乔一柠的东西大多在楼下的房间，钟怡遥怕她一会儿出门坐车冷，就跑下楼去给她拿外套和暖手宝，但没想到在长廊里遇到了江耐。

江耐当时正站在走廊上等人，钟怡遥下来得急，又觉得是在室内就没披外套，江耐侧头望过来时，果然皱了皱眉，下意识地就把身上的外套脱了下来，给她披上。

江耐替她拢了拢外套：“怎么没穿外套就下来了。”

“我刚忘了，”钟怡遥笑了笑，“你等谁啊？”

“表姐夫让我一会儿在电梯口接个人。”

钟怡遥反应了一下，才明白他口中的表姐夫是路决。

“是女生？”

“嗯。”江耐应完，连忙又摆手加了一句，“是路家那边的亲戚，我不认识的。”

钟怡遥刚想调侃几句，视线却落在江耐的手腕处。

甜甜的喜欢，
安排

江耐今天穿了一件袖口有些宽的卫衣，他一摆手，袖口就往下滑了滑，手腕上有些狰狞的疤痕便露了出来。

他总是这样，自以为圆好的谎，其实漏洞百出。

他骗她说，不会留疤，但明明伤疤那么明显；他骗她说，会回来找她，但一次都没有；他骗她说，他已经看开了，可是背着她在护士面前偷偷哭。

钟怡遥当时站在门口，听见江耐压抑的哭声时，心里也难过，她对江耐并不是完全没有感觉。

可能是受乔一柠的影响，她之前从来不会冲动，这一次却想冲动一回。

钟怡遥收回视线，抬头望着江耐："要不要试试？"

江耐一愣："什……什么？"

"试试看我们能不能在一起，我可能有点喜欢你了。"钟怡遥笑了笑，"如果你觉得会耽误你的话……"

"不耽误。"

江耐低头看她，像少年时钟怡遥无数次回头喊他时一样，他的目光永远在她说话之前就落在了她身上，专注而认真。

"我心甘情愿。"

乔一柠由乔正严一步一步牵进教堂，路决就站在牧师旁边，远远地看着她。

她每走一步就离他近一点，她每向前一点就想起这段时间以来，发生的事情。

是命运偏爱了她，所以她才能遇到路决。

路决从乔正严手中接过乔一柠时，就看到她眼眶红了。

“怎么哭了？”

路决方才还看见乔一柠开怀大笑地闹着，晚上要和钟怡遥不醉不归，这才过了多久，又成了小哭包。

乔一柠摇了摇脑袋，自己也觉得不好意思：“我今天跟水龙头似的，特别容易哭，是不是特别丑？”

“不丑，你哭也好看。”

路决握紧了她的手，拉着她面向牧师。

整个流程下来，乔一柠因为太过激动，甚至有些反应不过来。直到彼此交换完戒指，路决拉住她的手，她飘荡的注意力才落到了实处。

乔一柠刚才没听清下一步该干什么，只见路决拉着她不动，忍不住小声问：“要做什么？”

路决都被气笑了，这人怎么结婚的时候也能走神。

“我要亲吻新娘了。”路决附耳说了一句。

乔一柠的脸一下红了，视线下移：“那你亲啊。”

“不急。”路决的气息散在她耳边，“你不是想知道成人礼那天，你对我说了什么吗？我现在告诉你。”

整个教堂安静下来，众人的视线都落在他们身上，路决的语气温柔又

甜甜的喜欢，
安排

认真，飘向四周又晃进她耳边。

“十八岁成人礼那天，你说，如果我们直到二十七岁都没有结婚，那我们就凑合着一起过。

“你是因为输了游戏，但我当真了。”

路决的声音一顿，再开口时却没能保持镇定，他的声音是发颤的，心也是。

这十年光阴里，他为的不过是这一句。

“所以乔一柠，我等你到二十七岁。”

< 全文完 >

番外一

生日愿望

至若春和景明，波澜不惊，上下天光，一碧万顷。

窗外的雨水声很大，溅落在地上带起一连串的水花，远远看着跟排排坐的小瀑布似的，乔一柠正拿着毛笔抄写《岳阳楼记》，但雨水声困扰在耳边，她总是无法静下心。

乔一柠放下毛笔，不耐烦道：“我不想写了。”

路决坐在沙发上闻言放下书，这已经是乔一柠第三次撂笔了。

“怎么又不写了？”

乔一柠打定主意不再动笔，从地毯上站起来，直接窝到路决怀里。

“你看，本来今天是你的生日，我们都决定好出去庆祝了，都怪这场雨，害我没事在家里练字。”

路决的视线落在桌上的宣纸上：“你这字……”

乔一柠熟练地抬起头，亲了他一口，一脸无辜地看着他。

“路老师，我这字，怎么了？”

路决看着她使劲卖乖的脸，终是没辙：“没事，挺好的。”

乔一柠立马就开心了：“你可别得罪我，我一生气就把你头给剃了。”

前阵子，乔一柠和路决出门去玩，正好赶上那个地方在举行“玫瑰节”，满大街到处是手捧玫瑰的路人，偶尔遇见心仪的，就会将手上的玫瑰送给对方。

而就在乔一柠去上厕所的短短几分钟里，路决就收了三朵玫瑰。

乔一柠气了一路，还琢磨着要给路决剃个寸头，让他不能再招蜂引蝶。但她转念一想，路决的五官说不定剃寸头也好看，她顿时更气了，但嘴上依旧嚷嚷着要买电推剪。

“你这脸太招人喜欢了，但她们那是肤浅！她们只爱你的脸，我不是。”

乔一柠的一腔“彩虹屁”还没开始，路决就似笑非笑地斜了她一眼。

路决平静地翻着书：“购物广场，十七楼，你说你喜欢长得好看的人，答应和我试试，是因为我长得好看。”

乔一柠心口中了一箭，不服气道：“那你当时不也拿协议哄我，说是做了对不起我的事就净身出户，事实上又在后面偷偷加了一条，不允许单方面提出离婚。你说说你，你太狡诈了，你知道我喜欢钱，就给我设套。”

路决目光落在书上，但伸出了左手，一下一下地整理乔一柠落在肩上的头发。

“你不也没吃亏。”

乔一柠想了想，又开心了几分：“这倒也是。”

路决在看书，乔一柠不好一直烦他，就跑进房间里和钟怡遥打视频电话，但谁知道钟怡遥正和江耐在一块吃火锅，空不出手一直拿着手机视频。

乔一柠立马就怒了，跑下床就喊：“路老师，钟怡遥和江耐在吃火锅！”

她跟打小报告似的，一脸义愤填膺：“怎么可以这样呢！怎么能吃火锅呢！是中药不好喝吗，是嫌身体太好吗？是……”

路决再次放下书，单刀直入：“去点火锅外卖吧。”

“我不是这个意思！”乔一柠穿着拖鞋踢踢踏踏走过来，笑得一脸讨好，“但是，如果是你想吃，那我就只能陪你吃了！”

路决：“是……是我想吃。”

“那我去点了！”

乔一柠不仅点了火锅，还买了一个小蛋糕。

窗外的雨仍旧下得很猛，雨滴敲打落地窗的声音清脆又密集，原本室内只开着中间的水晶灯，但乔一柠嫌暗，将四周的小筒灯通通按亮了。

“我以前生日，就算不吃长寿面，也一定要吃蛋糕许愿的，这是个仪式，

甜甜的喜欢，
安排

只有这样生日愿望才能实现。”乔一柠拿过一旁的薄毛毯将自己和路决都围了起来，“所以，一会儿吃完饭，要点蜡烛许愿啊。”

路决揽着乔一柠的肩膀，将手中的书往她旁边移了移：“好。”

乔一柠其实不爱看书，但因着路决的原因，倒是比以前多看了一些书。而路决也会常常配合她玩游戏，她偶尔戏瘾一来，吃个草莓都能假装吃了毒药，然后自己倒在沙发上，边假装吐血，边留遗言。

路决坐在一边看着她演，偶尔还会搭几句词。等她示意自己就要断气，路决就会从抽屉里拆一包彩虹糖，往她嘴边塞进一颗，佯装是解药。

然后他面无表情地念词：“不会死的，你不要死，死了吃不了火锅。”

乔一柠无论重来多少回，都会被路决的表情逗笑。

她还记得有一次，他们一起玩真心话，卡片里问，你最开心的一件事。

路决说，他最开心的事，是娶了少年时暗恋的女孩。

乔一柠顺着说，她最开心的事，是她的老公，竟是她十七岁时心动的少年。

兜兜转转，他们竟成了双向暗恋。

乔一柠想到这里，忍不住笑出声。

路决一顿，手指落在她脸上戳了戳：“书里主人公的妈妈都要死了，你竟然在笑。”

“我不是，我是突然想到别的了。”

乔一柠拿脑袋蹭了蹭路决的胸口，心里像被“妈妈”二字戳了戳，她迟疑了一会儿，问：“你喜欢男孩还是女孩呀？”

路决的心猛地跳了两下，乔一柠之前一直不愿意讨论这个话题。

“我都喜欢，但你不是嫌弃小孩子烦吗？”

“那天电视里有一个特别可爱的小孩儿在玩游戏，你都看出神了……当然，我自己也喜欢。”乔一柠的手指卷着路决卫衣上的绳子，有些担心，“但你会不会因为小孩儿，就不喜欢我了？”

路决伸手捏她的脸：“我只会因此更喜欢你，毕竟当妈妈是很辛苦的一件事。”

“但是，如果宝宝问你，是不是天下第一喜欢他，你怎么回答？”

“我很抱歉，但我只能天下第二喜欢他。”

“宝宝难过怎么办？”

“起码你不会难过。”

乔一柠心里止不住地发软，这男人太“会”了！他哪是不锈钢直男啊，他是爱情九段选手！

乔一柠再次被甜言蜜语折服。她闭上眼睛，耳边除了雨声，还有路决的呼吸声，这让她很安心，甚至有些睡意昏沉。

片刻之后，她凑近路决，依旧闭着眼，声音却小得像在说很重要的秘密。

“你知道吧，你是我的灯，因为借着你的光，我才能继续往前走。”

路决将落在她肩膀处的毯子盖好，等怀里人的呼吸声平稳后，才无声回应。

那你是灯光熄灭后，落我一身的月光。

甜甜的喜欢，安排

乔一柠醒来时，路决正好在摆弄火锅。乔一柠跑过去就想上手拿酥肉吃，被路决扫了一眼后才不情不愿去洗手。

吃完火锅之后，乔一柠将蛋糕拿出来，为路决插好蜡烛，又从房里拿了相机，说是要录像留念。

这会儿正好是傍晚，但因着雨天，云层漆黑，从窗外漫进来的光线很浅，乔一柠将室内的灯关了之后，就只剩蛋糕上微亮的烛火。

乔一柠拿着相机说了一通开场白，最后才在路决对面坐下，将镜头对着他，催他许愿，但视频里全是她的声音。

镜头里的路决微低着头许愿，暖光落在他周身，在眼底落下一小块阴影，温柔得像一幅水墨画。

乔一柠看着镜头里的路决，压低声音凑到相机前说话。

“我要把我今年的生日愿望提前许了。

“我希望路老师，健康平安。

“我希望他开心快乐。

“我希望他顺风顺水。”

乔一柠一顿，声音更小了：“我希望他永远爱我。”

镜头里的路决，突然睁开眼，抬起头。

他的目光掠过镜头，带着满室的光落在乔一柠眼睛里。

路决：“我永远爱你。”

番外二

我就是这样，爱着你

[1] 从未改变

乔一柠怀孕后，越发显得懒散，因着孕妇的身份成天指挥路决，一会儿让他倒杯水，一会儿让他切水果，左右都是生活中的小事。

有一次睡前，乔一柠问路决会不会觉得自己烦。当时路决正坐在她身后，用掌根的位置帮她揉按酸疼的后腰，因为怕引起不良反应，他的动作一直很轻，视线也一直落在乔一柠脸上。

他借着房内的灯光，看见乔一柠垂着眼，微微抿紧了唇，显然是一副很紧张的模样，他的心突然变得又酸又胀，仿佛刚咬下一口青涩的柠檬。

乔一柠自从怀孕之后，情绪的起伏一直很大，时常会低落和多愁善感。偶尔还会假装漫不经心地问他，她是不是胖了、肿了、变丑了，路决每一次都捧着她的脸，认真告诉她，她永远漂亮得像小女孩。

她会佯装嫌弃地推开他，转头却笑得像收到糖果的小女孩。

路决一直以为自己很细心，但是这一刻，当乔一柠忐忑不安地望向他，他才发现他做得远远不够。

他从身后伸手抱住乔一柠，掌心落在她微微显怀的肚子上：“不烦，我倒是希望你多跟我说说话。”

乔一柠怀孕的前三个月，孕吐反应很强烈，时常吃了就吐，脸色在刹那间苍白。但因着怕路决担心，她每一回都会在卫生间多待一会儿，等脸色好一些才慢悠悠走出去，强撑着说，这一次比上次好一些，不会很难受。

路决嘴上应答着，皱起的眉却一刻都没放松。乔一柠看在眼里，误以为路决嫌弃自己麻烦，她怕自己难受之下说出不好听的话，难得少言寡语了一段时间。

她以为，路决会喜欢她安静一些，但没想到他一直为此担心。

乔一柠的手掌覆盖在路决温热的手背上，热气落在她微凉的掌心里，像是正午时分洒下的日光。路决的手常年泛着凉，即便是在夏季也是如此，但现下却烫得有些惊人。乔一柠突然明白，他为什么隔一会儿就要往卫生间跑了，敢情是“暖手”去了。

她低声笑，心里的郁结一扫而光，转过身半跪在床上，黏黏糊糊地去抱路决。

“路老师，我每次让你干这又干那的，其实并不是戏弄你，”乔一柠的下颌压在他的肩膀上，声音娇气又软绵，“我就是想确定一下。”

路决摸了摸她的脑袋，耐心地问：“那你确定好了吗？”

乔一柠重重地点头，刚想开口，忽然话锋一转：“不如你猜一下？猜一下我想确定什么。”

路决松开她，目光落在她狡黠的脸上，乔一柠还抬手做了个“磨刀”的动作，警示他要是回答得不好，她就要举刀大杀四方了。

路决捧着她的脸，凑近与她对视。他们的鼻尖相触碰，呼吸缠绕，周身的温度忽然上升。乔一柠的心怦怦直跳，刚想后仰一些，路决的声音和吻便一同落了下来：

“爱你，从未改变。”

乔一柠因为挺着大肚子，不方便洗头，所以找了钟怡遥一块出去洗头。洗头小哥是个二十岁左右的男生，因为顾及乔一柠孕妇的身份，很少说话，按摩头部的动作也很小心。结束时，他的手指无意间碰到乔一柠的脸。

他笑着帮乔一柠包起湿头发，忍不住说：“姐姐，你皮肤真好呀。”

乔一柠的一颗心立马飘飘然，恍若在云间翻涌，面上却谦虚地否认几句。但这少年嘴甜，又是夸她长得可爱，又是夸她眼睛明亮的，还说以后宝宝要是长得像她，一定很好看。

乔一柠起身准备去吹干头发，余光却瞄见站在一旁等她的路决。

路决显然从门外进来不久，肩上还落着一片枯叶。乔一柠抬手将他肩上的叶子拿下，语气欢喜地问他，是不是刚下班。

路决应了一声，等她在座位上坐好，偏头跟洗头小哥说了几句，过了会儿黑色漆身的吹风筒便落在他手上。

他开着暖风，修长的手指穿梭在她发间，专心帮乔一柠吹干头发。他身上穿着白衬衫，身材高大，戴着细框眼镜的脸在垂下眼时，冷峻又俊朗，与四周的众人格格不入。

乔一柠被镜子里的“路托尼”迷得七荤八素，心里一个劲地嚷着，宝宝一定要像路决！就这张脸，不继承下去简直是暴殄天物！

在旁边看了全程的钟怡遥，揣着一颗柠檬心，立马给江耐发信息——

你快过来！给我吹头发！

后来路决就很少让乔一柠去外面洗头了，大多数时候都是他亲自帮她洗的。起初乔一柠怕他辛苦，作势推辞了几下，路决沉吟片刻，竟一脸认真地问她：“是我长得不好看？所以你才要出去找别的男人？”

乔一柠吓得差点从床上跳起来，这话歧义可就大了！她嘴里再也说不出任何拒绝的话，直接在床上躺平。

路决拿了一个空盆子放在她脑袋下面，又提了一桶热水出来，还学着洗头小哥的做法，在她后背和胸前都放置了一块干毛巾，梳洗、按揉的手法也似曾相识。乔一柠盯着天花板，正觉得狐疑，路决清冷又机械的声音突然在她耳边响起：“这个水温可以吗？”

乔一柠愣了一下，立马捧腹大笑，笑声充盈整个卧室，让她的声调变得有些滑稽。

“你干吗啊？路老师转行当‘路托尼’吗？”

路决的声音依旧非常敬业：“这个力度可以吗？您觉得舒服吗？”

“可以，可以，太舒服了，哈哈哈哈……”乔一柠忍不住了，刚想回头去看路决，转眼意识到自己的头发落着水，只能又躺了回去，笑着问，“你到底怎么了？”

“路托尼”终于变回路老师了，他将水从她头顶冲下，另一只手一直护在她额间，避免水流入她的眼睛：“他就是这么说的。”

乔一柠想了想，后知后觉地发现路决是在模仿那天洗头小哥的话，好在那天洗头小哥总共没说几句话，不然她还不知道会笑成什么样。

乔一柠越想越觉得路决可爱，在路决帮她擦拭头发时，没忍住拉过他的手，亲了一下。

路决手臂一僵，没说话。乔一柠正觉得奇怪，路决忽然往前凑，蹲在她右侧与她对视。乔一柠躺在床上，矮了几分，路决落下来的目光便带上了几分强势。

他冷冰冰地问：“你在店里也这样吗？”

乔一柠眨了眨眼，反应过来时，立马坐起了身，震惊道：“你想什么呢！我疯了吗？我亲他们干吗！他们又不是我老公。”

甜甜的喜欢，
安排

路决吓了一跳，半跪在床上去扶她，目光落在她腹间语气一沉：“起太猛了。”

“还不是因为你！”

乔一柠原本还有些生气，但一看到路决垂下的眼就半点都气不起来了。她突然明白过来，为什么路决即便早退，也要回家帮她洗头，她怎么能忘记，这人可是在陈醋里泡大的。

乔一柠伸手去牵路决的手，一下一下按着他的指腹，示弱道：“你流程还没走完呢，路托尼。”

路决抬眼看她，难得有些脸热。

他确实不喜欢别的男生对她动手动脚，因为怕实话实说乔一柠会觉得他小题大做，所以才拐弯抹角地让她同意待在家里，由他来帮忙清洗头发。

乔一柠见他不说话，眼睛一弯，笑着催促：“快点呀，一会儿我头发自然干了，我可就不给钱了。”

路决看了她半晌，支起食指轻碰了碰她的脸。

乔一柠还没想明白这是哪个环节，就看到路决生硬地念出一句：

“姐姐，你的皮肤真好呀。”

乔一柠被他句尾的“呀”字戳中了笑点，这话念得比糖球还机械，路决自己显然也绷不住了，眼尾上扬，嘴角噙着一点笑。

“哪里好？”乔一柠逗他。

路决没想到这茬，顿了两秒。

过了会儿，他的手臂撑着床，身体前倾将唇落在乔一柠脸上，声音轻柔又喑哑，宛如零星火光，燃了她一身。

“好亲。”

[2] 路一棠

路一棠周岁那天，在抓周时，拿了一条挂着金算盘的项链。全家顿时欢呼雀跃，路蒋易更是扬言说，他聪明伶俐，日后必定盆满钵满。

乔一柠起初是不信的，但在知道路决抓周时拿了一本书之后，顿时跑去抱住了儿子的大腿。

乔一柠怀着路一棠时，经常拿着路决小时候的照片看，边看边拿到肚子前晃，让宝宝一定要按照这模样长。大概是她的执念感动了上天，路一棠完全是翻版的小路决，连性格都有些相似。但因着还小，受伤、委屈时小冷脸绷不了多久，就会弃械投降，跑到乔一柠眼前撒娇。

乔一柠一颗心软成一摊水，因此常常忘记做好一位严母，对路一棠多加纵容。路决与她不同，他对路一棠向来严格，路一棠犯错时，即便在他眼前可怜兮兮地抹泪，他也不会伸手去抱路一棠，等路一棠承认错误后，才会伸手去摸路一棠的脑袋。

有一次，路家的亲戚问路一棠，最喜欢的人是爸爸还是妈妈。五岁的小路一棠毫不犹豫地说，最喜欢妈妈。说完之后还偏头看了路决一眼，然后就跑没影了。

甜甜的喜欢，
安排

乔一柠怕路决心里吃醋，晚上还专门找路一棠谈心。

她坐在地毯上，半趴着床沿对路一棠说："宝贝，以后要是再有人这么问你，你可以回答，妈妈爸爸你都喜欢。"

路一棠不解地看着她："可我就是最爱你。爸爸说，你怀着我的时候很辛苦，如果我不是最爱你，你会难过的。"

乔一柠没想到他会这么回答，柔声问："爸爸什么时候跟你说的？"

"讲睡前故事的时候。"

路一棠喜欢的睡前故事跟别的小朋友有些不同，他不爱听童话，他就喜欢那些益智类，甚至需要动脑算数的故事。最初路决还会耐着性子给他讲，但等他四岁嚷着一个人睡后，路决就让糖球代劳了，理由是，他要给乔一柠讲睡前故事，无法分身。

这会儿路一棠到点睡觉了，房间里只有一盏小夜灯，乔一柠看着他那张酷似路决的脸，心里一阵发烫。

路决给小孩子讲故事时，怎么还夹带私货。

"爸爸还说什么了？"

"太多了。"路一棠想了想，伸出小手去摸乔一柠的脸，声音带着奶音，表情却认真又严肃，"但我们说好了，我们都要做世界上最爱你的人。"

乔一柠眼眶一热，拉下他的手放在掌心里搓了搓："爸爸要是最爱我，你会难过吗？"

路一棠垂眸沉默，过了会儿才牵住她的手指，握得很紧。

乔一柠在那一刻，像是听见了路决的声音。

他扬起笑，凑近乔一柠耳边小声说："可那样，你不会难过。"

乔一柠走出房门，在感动之余，脑内有一个声音在大喊，不愧是路决的儿子！连讲的情话都别无二致！

路决当时正在厨房热牛奶，出来看见乔一柠一个劲"啧啧"个不停，才问："你干吗？"

乔一柠偏头看见他，飞奔过去拉住了他的手，软声软语："路老师，我太爱你了。"

路决低头看了看自己的手，又抬头去看乔一柠的脸，直言道："你又做错什么事了？"

乔一柠做错时，第一反应总是冲他撒娇卖乖，说情话。

"天地良心！我就是怕我不说，你忘了，"乔一柠举起四指发誓，遇上路决似笑非笑的眼神时才放下手，抱住了他的腰，笑着说，"我今天都没抱你。"

落地窗外是漆黑的夜幕，远处的灯火和招牌上的霓虹灯，点缀在半空，与高挂的圆月相辉映。这个城市很安静，它像一只沉睡的巨兽，他们站在巨兽肩上，终于卸下白天的繁杂工作和庸碌小事，拥有安静的二人世界。

路决低下头，将脑袋压在乔一柠头顶，世界在窗外，也在他怀里。

周末，路一棠要去小广场玩滑轮。

甜甜的喜欢，
安排

乔一柠帮他提着滑轮鞋走在前面，他和路决走在后面抬着一辆四轮电动车，车型是红黑色的超跑。今天是阴天，光线恰到好处，还有隐隐的微风，广场上有玩滑轮、开电动车的小孩们，也有放风筝、聊天的大人。

路一棠坐在一边穿滑轮鞋，鞋带上缠了一个结，他解不开便将视线落在路决身上，路决走过去帮他解，只一眼便知道这是出自乔一柠之手。

乔一柠上次帮路一棠绑鞋带时，往死里缠绕打结，解的时候嫌麻烦，直接抓住两条绳子用力一扯，扯松了让路一棠脱下来之后，放着剩下的结不管了。

路一棠顶着淡漠的脸说："爸爸，妈妈看起来好像有点傻。"

路决手上动作一顿，抬头看他。

路一棠看了眼正开着玩具车，在广场横冲直撞的乔一柠，连忙加了一句："但你别告诉她，我怕她伤心。"

路决笑了笑，声音温柔下来："那你要好好保护她。"

"嗯！"路一棠顿了顿，瞅着路决温和下来的眉眼，小声问，"爸爸，你笑是因为妈妈吗？"

爸爸很少笑，大部分时候好像都是因为他提起了妈妈，爸爸便会开心很多。爸爸很爱妈妈，但他好像不是很爱我。路一棠觉得有些难受，小孩子不会掩饰，心思通通都落在脸上。

路决看着路一棠，伸手擦掉他脸上粘着的一小块草屑。路一棠处处都像他，唯独眼睛像乔一柠一些，又大又亮。

“也因为你，”路决心里一软，“爸爸，很爱你。”

路一棠猛地抬头眼睛一亮，克制着重重地“嗯”了一声，大概觉得不够，在起身去玩时，他又返回来，故作镇定地看着路决。

“我……我也爱你！”

乔一柠脚下的玩具车，是她送给路一棠的生日礼物，车型很大，座位宽敞。乔一柠当初考虑到可以让路一棠载小朋友出去玩，所以买了四人座的。但没想到路一棠压根儿就不喜欢玩具车，他爱滑轮，说是滑轮的速度比慢吞吞的玩具车快。

此刻正开着慢吞吞玩具车的乔一柠，从小孩儿堆里开过，跟正在和朋友说话的路一棠击了个掌，再慢吞吞地开回到路决身边。

她抬手按了按喇叭，稍显微弱的喇叭声响了两声，路决好整以暇地坐在石椅上看着她。

“帅哥，去哪儿啊？我载你一程！”乔一柠装作流里流气的小混混，冲路决挤眉弄眼，“我不要你车钱，你把你微信号给我就行。”

路决脚尖踢了踢她的轮胎，问：“你这么熟练，是被这样搭讪过吗？”

乔一柠预感大事不妙，正准备开车走，但踩了半天油门，车身依旧一动不动。

路决紧紧拉住她后车座的靠背，一副“不回答，就别想走”的架势。乔一柠松开油门，一脸无辜地回头看他。

“你到底上不上呀，姐姐开跑车带你兜风啊。”

乔一柠又按了两下喇叭，还手误碰到了一旁的放歌键，广场上顿时响起一阵夹着些许杂音的童声。

“快乐池塘栽种了，梦想就变成海洋，鼓鼓的眼睛大嘴巴，同样唱得响亮——”

乔一柠愣了一会儿，趴在方向盘上笑红了脸。

路决思忖片刻，最终为了配合她，一咬牙坐进车里，但因为个高腿长，显得特别滑稽，抱着腿的模样既无奈又别扭。乔一柠乐不可支，趁他反悔之前立马踩着油门往广场中央开。

因为重量的原因，车速比之前更慢了，一路龟速前行，但乔一柠的兴致丝毫不减，还想起身挥手欢呼，幸好被路决眼疾手快拦住了。

“你要是真在开车，这会儿罚单都够你发传单了。”

乔一柠乖乖重新坐好，偏头看了眼窝在小座位的路决，顿时笑得更欢了。

路一棠正在朋友堆里跟他们说起他的爸爸，路决——虽然高冷不爱笑，但是愿意帮助人。不仅是大学老师，而且有自己的工作室。会做饭，会设计游戏，还会发明机器人。

他话音刚落，在众人钦羡的目光里转头就看见了路决。

他的爸爸面无表情地挤在小汽车里，他的妈妈迎风笑得左摇右晃，红色玩具车直直冲他开过来，伴随着响彻整个广场的童歌……

“快乐的一只小青蛙——”

路一棠默默地转过头。

为什么我爸爸今天看起来也有点傻？

[3] 春风吹动他的心

由西爵工作室开发的《降临》游戏，最近新增了一个积分兑换的奖励机制，游戏里赚取的积分，可以用来兑换《降临》游戏里的相关周边，有些周边还是限量版。

物以稀为贵，此事一出，《降临》游戏的热度再次翻新，而且该游戏在人物、皮肤、地图、任务、剧情线上都有所翻新，一时之间风头无两。

西爵工作室和路纤传媒合作，双方的主要负责人是老四和路决。路决原本就是《降临》的开发者之一，老四对他是百分百信任，还开玩笑说，这是肥水不流外人田，一家人共赢。

乔一柠最近也沉迷于《降临》，整日坐在电脑前打怪升级，赚取积分。这次游戏里新增的任务，不仅仅是机械地跑腿找 NPC、杀怪那么简单，更多的是一个简短但完整的故事，任务的难易程度与积分挂钩也与剧情挂钩。

乔一柠仗着自己的老公是开发者之一，经常能触碰到一些隐藏技能和隐藏任务点。前几天她就被任务剧情狠狠虐了一把，感觉自己经历了一场剧本杀，还是以悲剧告终！最后拿到积分时她怅然若失了好一会儿，扬言要给写剧情的人寄把屠龙刀！

路决多数时候都在忙，乔一柠找不到钟怡遥他们的时候就会去找林简一块玩，来来去去，两人俨然成了最佳搭档。林简最近要完成的任务需要

甜甜的喜欢。
安排

另一个人合作，乔一柠知道后义不容辞地答应了。

虽然路决说，想要的礼物都能给她拿回家，不用这么辛苦赚积分。但是她这么有骨气的人怎么能靠自家老公！乔一柠暗自给自己打气，然后转眼就见自己的人物死在大刀下，眼前的屏幕刹那黑白。

她停了两秒，摘下耳机飞奔出画室，抱住了路决的大腿："我不想努力，我想走后门！"

路一棠睡着了，路决帮他掖了掖被角刚出来，左脚就被抱住了。

他蹲下身去看乔一柠，乔一柠抱住他大腿的手移到他手上，笑得一脸真诚。

"古人说，要善于借助当下的资源和优势，为自己的成功之路助力！"

路决戳了戳她的脑袋："乔古人说的？"

"反正我不管！"乔一柠跟着他走到客厅，紧紧挨着他坐下，"积分太难赚了，路一棠长大成人了，我都未必能赚够兑换礼物的积分。"

"你不是说，想体验先苦后甜吗？"

"什么先苦后甜，当下能甜的时候，我就要甜得义无反顾！"

路决一遇乔一柠便毫无办法，只能拿出手机，让林至登录他的账号，给乔一柠送积分。

路决有一个内部号，里面的积分高得吓人。乔一柠一见他的动作立马振奋了，起身刚想往画室冲，路决大手一钩，将她困在怀里。

他冲墙上的时钟抬了抬下颌：“你看看都几点了？”

时针正好停在晚间十一点的位置。

“我不是玩游戏，我是要赶画稿啊！”乔一柠从他怀里坐起身，“你又不是不知道，我到现在还没确定好，画集的第一幅作品是什么呢。”

虽然她电脑里的作品都够出两本画集了，但画集的第一幅作品至关重要，她想要找近期的作品，不然就现画一幅，反正时间也来得及。但她一直没有灵感，起初去玩《降临》，也是为了找灵感，但事与愿违，灵感没抓到，自己倒是被游戏深深吸引了。

前阵子《游梦》动画电影的海报在网上火了一段时间，连带乔一柠的热度也涨了不少，其中有一家出版公司找到她，想要与她合作出一本她的个人画集。通电话确认时，乔一柠一直表现得很淡定，一挂了电话就跳到路决身上，欣喜若狂地对他又亲又抱。

路决知道她对画集的重视程度，便没强制押她去休息。但空了一半的床，他始终有些不习惯，一直到深夜两点都无法入眠。

最终他走下楼，打算去画室催乔一柠睡觉，因为怕打扰她，所以他开门的动作很轻……

然后他就看见方才信誓旦旦说要赶画稿的某人，坐在电脑前，戴着耳机与林简大杀四方。

城门失火，殃及池鱼，林简就是那条鱼——他的游戏号被禁了一个星期。

乔一柠心里愧疚，本想找林简道歉，林简却如临大敌，发了个疯狂摇头的表情包之后就遁逃了。乔一柠后来才看清表情包底下的一行字：有缘江湖见。

春分当天，乔一柠一众人去郊外的别墅烧烤。

她心里记挂着这件事，忙上忙下地给路决烤了一串蜂蜜鸡翅，拜托他把林简的游戏号放出来。

这栋郊外别墅靠近农家乐，地势略高，从院子里往外看能够看到远处的江河湖泊、低矮的楼房和农田菜地。

乔一柠鼻尖上的炭灰和远处的袅袅炊烟相呼应，路决伸手抹掉她鼻尖的灰，接过了烤翅。

“前天已经解禁了。”路决咬了一口烤翅说。

乔一柠终于松了一口气，转眼目光却放在路决手上，暗自咽了咽口水。

“好吃吗？”她眼里落着郊外浅薄的日光，渴望之情溢于言表。

路决扫了她一眼，将烤翅放在她唇边：“你试试？”

乔一柠毫不客气地吃了一大口，眼睛瞬间瞪圆了，边指了指自己，边看向烧烤架前的其他人：“我绝对是这里面的王者，我是烤翅小天才呀！我怎么这么棒！”

路决看着她兴奋的模样，半晌才笑着应了一声。

这次烧烤，不仅有他们一家三口，还有新婚夫妇钟怡遥和江耐、孤独得宛若北方一匹狼的温瑞康，以及与他报团取暖的方制兼。

路一棠坐在大厅的地毯上玩乐高，他们吃饱喝足后无所事事便提出玩游戏。

游戏名叫“害你在心口难开”，每人盲抽一张牌，有字那面面向众人贴在脑门上，只要做出或者说出自己卡片上的字就算输，输的人要接受真心话或大冒险的惩罚。

路决谨慎又聪明，游戏玩了几轮，他都没输过一次，众人便商量着抱团作战，势必要让学神接受惩罚，但乔一柠没想到成功来得那么快。

路决那张卡片上写着：不能说“爱”。

全场顿时一片起哄声，众人笑倒在一边，乔一柠被大家推到路决对面，让她亲手大义灭亲。

乔一柠在哄笑声中红了脸，想也没想就问：“你爱不爱我？”

众人一愣，顿时气得捶胸顿足，这问题直白得就差告诉路决他卡片上的字了！

钟怡遥恨铁不成钢：“你这陷阱设得这么明显，他怎么可能会跳！”

可路决就是跳了。

路决扫了一眼笑红了脸歪倒在一边的乔一柠，清冷的声音在众人哀号里宛如一把利剑，硬生生斩破眼前的声浪。

他说：“爱。”

在这个问题上，他无法撒谎和否认。

大家愣了两秒，非但没有欢喜，哀号声反倒更强烈了，特别是两条单

甜甜的喜欢.
安排

身狗，嗓子都快扯破了，纷纷说要离场。

乔一柠偏头去看路决，他正摘下卡片，准备接受真心话惩罚。真心话的卡片在江耐手中，江耐边笑边念，让路决说一个秘密。

温瑞康反应极快，让他说一个连乔一柠都不知道的秘密。

乔一柠原本落在路决脸上的目光瞬间变得意味深长，他身上竟有她不知道的秘密？

路决停了好一会儿，像是思考又像是有些难以启齿。

过了会儿，他的目光掠过其他人落在乔一柠身上。那是乔一柠第一次看到路决脸红的全过程，气血从他的脖颈间往脸上攀爬，绯红满面，他目光躲闪，最后才直直望进她眼里。

像是少年人被戳中心事后，不得不举旗投降。

他说："我高中的日记本里，满满都是你的名字。"

天地无声，只剩乔一柠快速敲打着胸口的心跳声。

这是他们结婚的第七年，路决却依旧是那个只凭一言一眼，便能让她胸口发烫的少年。

游戏结束后，路一棠作为团宠，被他们簇拥着带去后山果园里摘果子。乔一柠懒得跑便坐在院子里荡秋千。路决拿了一个收纳箱，到处收拾路一棠落在各地的玩具。

路一棠在这点上不像路决，倒是像小时候的乔一柠。乔一柠原先并没有注意到这一点，是有一次路一棠乱扔玩具，路决竟没有训斥他，她心下好奇去问路决才得知。

路决说，他听吴芝繁提起过，她小时候就爱扔玩具，说是那样收拾起来，就会恍然发现自己拥有很多玩具。

乔一柠不想承认小时候的自己这么傻，正想跑，路决的声音便轻飘飘落在她耳边。

“我觉得有道理，就不想训他了。”

乔一柠当时堪称惊恐地回头看路决，他竟然觉得她小时候漏洞百出的借口有道理？他是脑袋被置换了吗？

可是路决在关乎她的事情上，脑袋被置换的次数太多了，比如刚才的游戏。

乔一柠坐在秋千上，目光落在距离她几步之遥的路决身上。

他手上拿着路一棠的魔方，脚边是一个青灰色的收纳箱，头顶的树叶摇颤，日光从树间落在他身上，是斑点的星光。

路决手上动作一停，转身将归位的魔方冲乔一柠晃了晃，他眉间微扬，嘴角落着笑。乔一柠却手心发热，连带脑袋都不再清明。

她情不自禁地开口喊他的名字，就像那年夏日在高中的小礼堂，他喊她的名字一样，就像他当年让她心动一样。

“我爱你。”

春风没有吹动她的心，是他吹动了。

甜甜的喜欢，
安排

初秋那天，乔一柠出版了第一本个人画集，《无眠》。

与画集同名的第一幅作品，是春分那天，站在树下回望她的路决。

少年是夏日燎原，心动是春日里的无眠。

TIANTIANDE

XIHUAN,ANPAI